暗闇に咲く

高橋慶

幻冬舎コミックス

カバー・口絵イラスト　toi8
ブックデザイン　内川たくや

1

北口の改札を出たらすぐに、向かいのケーキ屋が目に入る。横断歩道を渡ったら、しかし、ケーキ屋には入らず、向かって左へ歩く。道沿いには、スーパー、コンビニエンスストア、薬局。その二階にはレンタルビデオ店。やがて、道が二つに分かれる。

右の道を進むと、そこは小さな商店街だ。でも、営業している店はほとんどなく、実際はマンションや建売りの住宅が並ぶばかりのさびれた町。そのはずれに、母の作った美容室はひっそりと存在している。

時代錯誤なデザインのカタカナで大きく描かれた「アムール」の文字。硝子《ガラス》張りの店の手前には、ぼうぼうとあらゆる植物の蔦《つた》が伸び、二階まである家屋全体にうっすらと巻きついている。六月の雨の季節には、大輪の紫陽花《あじさい》が青紫色に咲く。その店を、今は息子である僕が、ひとりで守っている。

自動ドアの手前には置きっぱなしの傘立てがあり、その脇《わき》には手書きのメニューが内側から貼られている。カット、パーマ、カラー。髭剃《ひげそ》りや女性の顔の産毛剃り。ヘアセットやメイク。予約のための電話番号も書かれているが、飛び込みの客も受け入れている。母の生きていたころは着付けもメニューにあったけれど、僕は免状を持っていないのでやめてしまった。今は、代わりに丁寧なトリートメントをメニューに加えている。

自動ドアが開くと、少し調子はずれなインターホンが鳴る仕組みになっている。その音は狭い家じゅうに響き渡り、家人に客が来たことを知らせる。

「すいません、本日はお休みをいただいております。はい、明日からは普通に。火曜日もやってますよ。はい、ありがとうございます、お待ちしております。失礼いたします」電話ながらつい、丁寧に頭を下げ、僕は受話器を置いて息をつく。

黒い上着の内ポケットに、用意した寺へのお礼を忍ばせ、パンツの後ろポケットに財布と携帯電話が入っているのを確認する。右手には母の形見の水晶の数珠《じゅず》を、腕輪みたいにはめたままにしている。

店の大きな鏡を覗《のぞ》き込み、黒いネクタイを締めなおし、左腕の時計を確認すると、ちょうど出かける時間だった。紫色の風呂敷に包んだ位牌《いはい》の入った、小さな黒いトートバッグを手にする。

傘立てに置いたままのビニール傘を開き、自宅兼職場の鍵《かぎ》をかけると、強い雨に濡《ぬ》れた黒いアスファルトの上を歩き出す。革靴に吹いた防水スプレーが水をはじき、傘はぼたぼたと音を立てた。一周忌の会場である寺までは、歩いてほんの五分ほどの距離だ。

ちょうど一年前、母の葬式のときも、雨降りで寒いくらいだった。いたるところに紫陽花が咲いていて、明るく陽気だった母らしくないと皆が話し合っていた。僕は柄にもなく泣いて、いつもハンカチを持ち歩いていなかったので、年の近い従妹《いとこ》のものを借りた。

あまり仲が良いわけではない従妹、花之枝芙美《はなのえふみ》の白い手に乗ったハンカチは、白地に白い糸で花の模様が刺繍《ししゅう》してあり、きちんとアイロンがかかっていた。

いつの間にかあんなふうに、きちんとした社会人、或《あ》るいは大人《おとな》の女性といったかんじになっていた芙美の前で泣くのは恥ずかしかったけれど、僕はそれまでの人生で経験したことがないくらい声を上げて悲しみ、芙美のハンカチはぐしゃぐしゃになってしまった。

四十九日でも、僕は泣いた。そのときは青いチェックのハンカチを持参していた。あのときの芙美のハンカチは、洗濯こそしたもののアイロンはかけておらず、ざっと畳んだまま、ずっと返しそびれている。

「あ、忘れた」件《くだん》のハンカチと、別にもう一枚、新しいハンカチを買って、今日、芙美に返すつもりでいたのだった。

一通り終わってからうちに寄ってもらおうかとも考えたけれど、まだまだ時間はある。僕は踵《きびす》を返した。

鍵を開け、そそくさと中へ入り、ピンポンピンポンという乱雑な音を聞きながら店舗部分の奥にある狭い畳の小上がりを覗き込む。靴を脱ぐのが面倒なので、膝《ひざ》で立って、畳の上をのろのろと移動する。

小さな食器棚の上。母の遺影や位牌と一緒に置いてあった芙美あての紙袋を引《ひ》っ摑《つか》むと、僕は再び息をついた。ふと下を向くと、古びた畳の目が視界に入り、なんだか呆然《ぼうぜん》としてしまう。家の外から聞こえる雨音やそのにおいと、紫陽花の真っ青な色の気配が、まるで夕方みたいな気分にさせる。一日は、まだこれからなのに。

ピンポンピンポンピンポン。

「はい！」僕は驚いて畳を這《は》い、店に顔を出した。「すみません、今日はお休みです」

「小夏《こなつ》くん？」

そこには、梅雨《つゆ》にぴったりの幽霊のような女が立っていた。

長くぼさぼさの黒髪に真っ黒いシンプルなツーピース。黒いストッキングに黒いハイヒール。右手には赤い傘を持ち、左手には小さなハンドバッグを提げている。青白い顔に、ローズピンクの口紅だけがべったりと塗ってあり、浮いている。

「どなたですか？」僕は立ち上がり、数歩先に立っている彼女をじっと見たが、誰なのかわからなかった。

「遺影、取りに来たの」女は不機嫌そうに顔をしかめ、小上がりへずかずかと上がり込んだ。

「ちょっと、うちの親戚《しんせき》ですか？」僕は彼女を追いかけ、小上がりへ顔を出した。「今日は遺影は必要ないんで。位牌は僕、ちゃんと持ってますから」

既に遺影を胸に抱えていた彼女はきょとんとし、静かにそれを元の場所に戻した。

「あの、失礼ですがどちらの方ですか？　僕、会ったことありますか？」

「小夏くん。本当にわからないの？」女性は苛立《いらだ》ちを通り越し、不安げな同情の眼差《まなざ》しで僕を見つめた。

「あれ、もしかして、芙美？」

かつては深い茶色にカラーリングされ、ゆるく巻かれていたセミロングの髪、今どきの女性らしい薄化粧にごくごく淡くつけた香水。色はないながら艶《つや》やかに整えられた爪《つめ》。隙《すき》のない様子だった少し前の芙美の面影はどこにもない。

「私のこと、おばけみたいって思ったでしょ」芙美は淡々と言いながらハイヒールを履きなおした。「一周忌は遺影がいらないって知らなかった」

驚きすぎて何も言えなかった。いったいどうしたのだ、その髪は、化粧は。以前、着ていた、もっと女性的なシルエットの喪服はどうしたのだ。ベビーパールのネックレスはどこへやったのだ。なぜ、そんなに心底、暗い顔をしているのだ。

「イエーイ。なんちゃって」芙美は真顔でつまらなそうに言うと、僕を置いてアムールを出て行った。

「芙美、ちょっと待てよ。僕も今行くから」

どう考えても、芙美に何か起きたのだと思えた。別人のような姿になってしまうような何かが。でも、僕たちは気軽にそんなことを話し合う距離の間柄ではない。

僕は道中、すぐに芙美にハンカチを返した。

「わざわざありがとう」芙美は素っ気なくそう言った。真っ赤な色の傘が青白い顔に写り、恐ろしいほどだった。

イエーイ、は、遺影にかけた冗談だと僕が気付いたのは、母の一周忌の法要が始まって三十分ほど経《た》ってからだった。結局、その日、僕と芙美はそれきりひとことも言葉を交わさなかった。


梅雨が明けると途端に暑さが増し、アムールの周りでも蟬《せみ》の声が聞かれるようになった。紫陽花が終わると花壇の隅の枇杷《びわ》の木がにょきにょきと伸びて幅を利かせはじめ、その葉は店の前に大きな影ができるほど茂る。

母は僕が家を出てから、毎年、ひとりでこの枇杷の木を剪定《せんてい》していたそうだ。僕は高校を出てから専門の学校でヘアメイクを学び、ずっと青山の美容院で働いていた。いつか、実家に戻ることもあるのかもしれない、母と同じ場所で働くこともあるかもしれないと考えて理容師免許も取ってはいたけれど、そうなる前に、母は亡くなってしまった。それを機に青山の店を辞め、アパートを引き払って実家に戻ってきた僕が、今年はひとりで枇杷の木を剪定する予定だ。

アムールには、母の客が今でも来てくれている。近所のお年寄りや子供たちもよく来るし、ときどき、お祝い事や夜の商売をしている客のヘアセットやメイクを請け負うこともある。収入は決して多くはないけれど、持ち家だし、贅沢《ぜいたく》をしなければじゅうぶんにやっていける。でも、ひとりでこの家にいるのは、なかなか慣れるものではない。夜の我が家はがらんとして、音もなく太陽の光も届かない、まるで深海のようだ。

「小夏くん。お誕生日おめでとう」

二階から降りてきて「いらっしゃいませ」と言おうと喉《のど》を開きかけた僕に、芙美は少しも微笑《ほほえ》まずにそう言った。

「誕生日、昨日だけど」昨日、一通だけ祝いのメールが届いた。青山の美容院で一緒に働いていた秋房《あきふさ》すみれという女の子からだった。近いうちにごはんでも食べに行こう、と書かれたそのメールに、僕は気軽に「そうだね、ありがとう」と返信した。

「なんだ。オレンジゼリー買ってきたのに」芙美は左手に提げたケーキの箱を持ち上げて見せた。駅の向かい、我が家御用達の小さなケーキ屋の懐かしいロゴ。

芙美はミントグリーンのTシャツに短いデニムスカートを穿《は》いていた。喪服のときよりも子供っぽく見え、ストッキングに包まれていない脚を見ると、以前より少し痩《や》せたことがわかりやすかった。

傷んだ髪の毛はもっさりとひとつにまとめられ、伸びた前髪や後れ毛が汗で額《ひたい》や首に張り付いている。少し息が上がっており、頰《ほお》が赤い。

「それでわざわざ来たの？」平日の昼間だ。仕事は休みなのだろうか。「その荷物は？」

僕の目に入ったのは、裸足《はだし》にゴムのつっかけサンダルを履いた芙美の足元にどんと置かれている、赤に白い水玉模様のキャリーバッグだった。

「せっかくだから、髪、トリートメントしてもらえる?」

僕の追及を逃れるように、芙美は言った。

「それはかまわないけど」今日は会社は休みなの、と尋ねようとしたところで、今日、ひとりめの予約客がやってきた。

僕が客の応対をしているあいだに、芙美はちょろちょろと店を横切ってサンダルを脱ぎ、小上がりへ消えていった。耳を澄ませていると、そのさらに奥にある台所に行き、冷蔵庫を開け閉めしている。きっと、ゼリーを冷やしているのだろう。

「後ろと襟足を短くしていくかんじで、前髪は様子を見ながら決めていきましょうか」僕は鏡越しに客と目を合わせ、微笑んだ。「じゃあ、シャンプーしますね」

派手なキャリーバッグ。例えば、無理矢理に良いほうに考えれば、旅行の前に僕の誕生日を思い出してひとこと祝おうと寄ってくれた。或いは、あの中に僕へのプレゼントが詰め込まれている。悪く考えようと思うと、きりがなく恐ろしいことが思い浮かぶのでやめにした。

とにかく、今は目の前のご婦人に似合いそうな前髪のあしらいが、一番、重要なことだ。

「芙美」

長めに切りそろえた前髪を横に流したスタイルが気に入ってくれた女性客は、笑顔でアムールを後にした。僕は手早く床に散った髪を箒《ほうき》で掃いてから、白いハイカットのコンバースを足だけでぎゅうぎゅうと脱ぎながら小上がりを覗きこんだ。

「芙美？」

芙美はちゃぶ台の前に座っていた状態から、そのまま横になり、手足をめいっぱい伸ばした格好で目を閉じていた。眠っているようだった。

僕は息をひそめ、畳の上をそろそろと歩いて芙美の傍らへ行き、ゆっくりとしゃがみこんだ。

「芙美。起きて、芙美、風邪引くよ」ケープをつける客のために、エアコンの気温は低く設定してあるのだ。少し肩を揺らしてみるが、芙美が目を覚ます気配はない。

客が途切れたらいろいろ質問しようと気構えていたのが、すっかりぼんやりしてしまう。どうせ好きな時間に好きに帰るのだろうから、僕は僕で、いつものように過ごせばいいのではないだろうか。何かほかにも用事があるのなら芙美のほうから切り出すだろう。

僕たちは互いの携帯電話の番号すら知らないのだ。仮に身の上に何か起きたとしても、芙美は僕になど頼らないだろうし、僕だってそうだ。

急に昼下がりの憂鬱《ゆううつ》な日差しに飲み込まれたようになり、いたたまれなくなった僕は店の床をもう一度、丁寧に掃除した。客の読んでいた雑誌を元の場所に戻し、枇杷の枝について考える。

剪定ばさみを新しく買ってこよう。本当は根っこから切って抜いてしまえば良いのだけれど、それはさすがにひとりではできない。枇杷の木は太く頑丈なのだ。

「伸ばしっぱなしにしておくと、お隣のお庭とベランダに枝が入っちゃうのよ」母、春《はる》は笑いながらそう言っていた。だからひとりで、小さいのこぎりだの剪定ばさみだのを駆使する。落とした枝には美しい濃い緑色の葉と、まだ青い枇杷の実が硬く成っていて、もったいないと思うということ。それから、大きくて立派な木を汗だくになってばらばらにしていると、「なんだか死体を処理してる殺人犯になったみたい」だとも言っていた。

「枇杷の木か」僕は気付くと、あてどなくつぶやいていた。

「枇杷？」

寝惚けて掠《かす》れた声に振り返ると、上半身を起こした芙美がこちらを見ていた。ほどいた髪にはしっかりと結んだくせがついている。目元を擦《こす》り、芙美は眠たげな息を吐いた。

「芙美、起きたんだ。枇杷ってほら、うちの前の」僕は外を差しながら言った。「あ、良ければトリートメントしようか」

「うん」

芙美は僕の促すがまま、おとなしく店の椅子《いす》に座った。

「本っ当に傷んでるね」僕はむしろ感動すらしながら言った。芙美の髪は胸の下まであり、毛先にはわずかに茶色く染めた色が残っていた。前髪は、自分で切っているのだとすぐにわかる無造作さで、眉《まゆ》が隠れるくらいの長さでぎざぎざになってしまっていた。

芙美の希望通り、毛先はあまりに傷みのひどい部分を少しだけ切り、前髪も整えてトリートメントを施す。

小さなかたちの良い頭。細く青白い首。長く伸びた黒髪。ほんの少し前は、もっとしっかりした女性という印象だった。髪型や化粧で人のイメージが驚くほど変わることは、仕事柄よくわかっているつもりだった。でも、鏡の中、わずかに俯《うつむ》いて静かな表情をしている芙美を見ると、本当に僕の従妹で会社員の花之枝芙美なのか、疑ってしまう。

良いほうに変わったのなら、何かあったの、と気軽に聞けたのかもしれない。しかし、芙美の変化は明らかに良くないほうだ。見ていて痛々しいと感じる。

僕と芙美の人間としての心の距離の問題も確かにあるけれど、こんな風に身体《からだ》のあらゆるところが傷んだ女性に、その理由を尋ねるのは簡単ではない。

「髪、前は短かったよね。肩くらいだった？」トリートメント剤の染み込んでいく艶やかな毛先の様子を見ながらぽつりと話す。

「あのころから、伸ばそうって思ってたの」含みのある言い方だった。「本当は美容院て苦手なの。知らない人が髪触るし、何か喋《しゃべ》らなきゃいけないし。でも、ロングなら放っておけば伸びるでしょ」

「まあねえ。ただ、髪を伸ばすならちゃんとケアしないとだめだよ」

「伸ばすだけ伸ばせれば、良いかなって」どこか、諦《あきら》めたような口調だった。髪を伸ばしたって意味はないということを知りながら、それでも伸ばしているという風に聞こえた。

「まあ、従兄《いとこ》で美容師の僕としては傷んだロングヘアは見てられないから、練習台になると思ってメンテナンスさせてよ」そのくらいしか、言いようがない。

「うん。小夏くん、お誕生日おめでとう」芙美は顔だけ振り向き、僕の目を見た。何も塗られていない細い睫毛《まつげ》がささやかに光る。

「ああ、ありがとう。あとでゼリー食べよう」僕の誕生日は昨日だと言ったことは、覚えているだろうか。

きっと、キャリーバッグに大したものなど入っていないだろうと、僕は思った。芙美は個人的な出来事で少し疲れていて様子が変わってしまっただけで、今日、突然アムールに来たのだって、単なる気まぐれか、寂《さび》しかっただけだ。黒髪が栄養に満ちて滑《なめ》らかにたゆたうようになれば、気分転換になって、また、と帰っていくだろう。

「ごめんね」芙美は小声で神妙に言った。

なぜ謝られたのかわからないまま、僕は「別にいいよ」と答えた。それが失敗だったのかもしれない。芙美はその後、ゼリーを食べてもお茶を飲んでも、客が来ても帰っても、日が暮れて涼しくなっても、夕食時になっても帰ろうとしなかった。

深刻な事情が隠されていそうな風情を全身から醸し出す芙美を、問いただすことも無理に帰らせることもできず、僕は仕方なく、彼女を一晩、家に泊めた。無論、何もなかった。

従妹に何が起きたのか。

母の遺影に手を合わせながら、僕は、どうか厄介《やっかい》なことになりませんようにと祈った。つまり、もう厄介ごとを予想していた。それから、芙美の言った「イエーイ」というくだらない洒落《しゃれ》を思い出した。本当に笑えない。

芙美が何気なく我が家に転がり込んでから数日が経った。彼女は当たり前のような顔はせず、しかし恐縮することもなく、普通に食事をし、近所を散歩して、ときどきアムールの電話を取り、風呂に入って、二階の奥の部屋で眠った。

二階には細い廊下と、襖《ふすま》を隔てて続いている和室が二間あり、僕は手前の、かつて自分の部屋だったほうを寝室に使っているので、奥に芙美を泊めていた。

奥は、かつては母の寝室だった。浅い色をした木製の小さな鏡台と箪笥《たんす》があり、その上にはいつもずらりと、母の愛用の化粧水や香水の瓶、ヘアブラシやアクセサリー類が並んでいた。母が口紅を塗る姿や、そのむせ返るような甘ったるいにおいを、僕は仕事中、たびたび思い出す。昔も今も変わらずに、あらゆる化粧品が発するその独特のにおいは、僕の郷愁を誘う。

例えば仕事で、手に持った口紅を紅筆に取り、少し上を向かせた女性の唇に丁寧にのせるとき、なぜだか、僕は母に謝りたくなる。口紅のにおいに酔いながら、後ろめたいことをしているような気分になる。はじめてポルノＤＶＤを観たときの百倍くらい、いやらしいことをしていると感じる。

「小夏くん。私、貯金あるから生活費ちゃんと入れられるよ」

朝、僕と芙美のいる部屋両方にわたっている狭いベランダに立って洗濯物を干していると、がらがらと窓を開けて芙美が顔を出した。よくわからない英語のロゴの入ったベビーピンクのTシャツに、やはりデニムのミニスカートを穿いている。

「生活費って、ここで暮らすわけにいかないでしょ」僕は苦笑した。

濡れた洗濯物を叩《たた》いて皺《しわ》を伸ばしながら、まだくしゃくしゃのままの頭を掻《か》く。しばらく帰らないつもりだろうとは思っていたけれど、ここまで具体的な話をはじめられるとは考えていなかった。

「そう言われるだろうなと思ったから黙ってたけど、私、しばらく家に帰る気がないの」芙美は起き抜けの掠れた声で言った。

「それはだめだよ。僕や芙美はかまわなくても、和子《かずこ》おばさんや明生《あきお》おじさんが心配するよ？子供じゃあるまいし」僕は笑みを含んだ軽い調子で言った。「芙美、今実家なんだろ？」

「ねえ、じゃあ、うちの親がよければ、小夏くんは私がここにいてもかまわない？」

「まあ、別にだめではない」自分の生活費を出してくれるというのなら、なおさら、特に困ることはない。

「あ、でも、小夏くんは女の子連れ込んだりしないの？」芙美は眉間《みけん》に皺を寄せ、真剣な顔をして訊ねた。

「今のところはその予定はないよ」女性の髪に触れ、瞼《まぶた》に筆を滑らせ、口紅を塗ることに背徳感を覚える一方で、僕には浮いた話がまるでないし、そういう展開になりそうな女性も、そうしたい女性もいなかった。

「なんだか疲れててさ、そういうの。しばらくないと思うからその点は気にしないで」

頭や額や頬には日差しが暑すぎ、背中には芙美の強い視線を感じた。

大して経験豊富なわけでもないのに、「疲れた」というのは無論、嘘《うそ》だ。無理にそういうことから遠ざかろうとしているわけではない。ただ、実家に戻ってきて、ひとりで美容室をやりくりし、特に友人が多いわけでもなく、こうしてひっそりと暮らしていると、何も起きようがない。ほんのりと瑞々《みずみず》しいのは、元職場の同僚、秋房すみれとの他愛ないメール交換くらいのものだ。

「私も疲れたなあ」芙美はしんみりと言った。

「芙美は経験豊富なの？　疲れるほど？」僕は思わず振り向いて尋ねた。

「経験？　一回でも疲れるよ。疲れすぎて死んじゃいそう」芙美は真顔だった。死んじゃいそう。

「やめろよ」思わずたしなめる。「縁起でもない」

「ごめんなさい。でも、経験ねえ。それは、都合のいいほうでいいよ。小夏くんが想像するのに都合のいいほう」

「想像って」僕はふっと力を抜いて笑った。僕らはやはり血が繋《つな》がっていて、仲良くしてはこなかったけれど、案外似ているところもたくさん隠されているのかもしれない。現に、畳に座って両脚を流すようにして気怠《けだる》そうにベランダに立つ僕を見上げている芙美の姿は、かつての母によく似ていた。

母はもっと太っていたし、デニムのミニスカートなんて穿かなかったし、気怠そうに見えた三秒後くらいには、いつも、「さあ、しゃっきりしないと！」と立ち上がっていた。それから、ベランダの僕を手伝ったり、手際よく化粧をしはじめたりしていたけれど。

「たまには朝ごはん、ちゃんと食べるか」

「どうして？」芙美はしぶしぶといったかんじで立ち上がり、静かに伸びをした。畳に押しつけられていた細い腿《もも》や膝が赤くなっている。

「しゃっきりするだろ。そのほうが」

僕は今、人生で一番、母を愛している。もう少し早くこの時期がやってきて、もっと長く母と一緒にいて、母に理解を示してやれれば良かった。母に似た芙美を見ると、そのことを思い出す。実際に理解ができるかどうかの問題ではないのだ。後悔する前に、ちゃんと見て、理解しようとしなければならなかった。

事件が起きたのはその日の午後だった。ふたりで小上がりのちゃぶ台を囲んで、テイクアウトの牛丼を食べていたら、店のドアが開いた。調子はずれなインターホンの音に立ち上がる。

「いらっしゃいませ」

顔を出すと、立っていたのは思いつめた表情をした明生おじさんだった。白髪交じりの髪を七三に分けて撫《な》でつけた明生おじさんは、それでも休日らしく、マドラスチェックのシャツにベージュのスラックスを穿いていた。

「やあ、小夏くん。和子に聞いてね、芙美を迎えに来たんだ」

昨晩、実は、僕の携帯電話に和子おばさんから電話があった。和子おばさんはごく軽い調子で「ねえ、小夏くん芙美知らない？　なんだかいなくなっちゃったのよ。いい年してあの子、家出みたいなの」と言った。だから、僕はこれ以上、心配をかけないようにと、芙美はアムールにいること、心配無用であることを正直に話した。

和子おばさんは多少、静かになって「ごめんなさいね」と言いつつも、あの子を置いてくれるのなら助かると僕に話した。芙美に何があったのかわからないし、無理に聞き出すようなこともできない。好きにさせるしかないと。

「いいですよ。うち、一応一軒家だし、僕と芙美、やっぱり結構気が合うみたいだから」

母と仲の良かった和子おばさんはうれしそうだった。また何かおいしいものでも送るから一緒に食べてね、と言って電話は切れた。

なんだか僕ひとりで「親戚づきあい」らしいことをしているのが少し不思議だった。自分は大人なのだと思った。自身がどう思っていようと、外側は大人として皆に捉《とら》えられるし、大人として機能している。

「芙美。小夏くんはここで毎日仕事をして暮らしてるんだぞ。急に邪魔してご迷惑だろう」明生おじさんは、小上がりから顔を出した芙美に突然、大きな声で言った。「帰って話そう」

芙美は押し黙り、表情なく小上がりを出ると、すごい速さで店に立っている僕とおじさんのそばを横切って二階へ上がって行ってしまった。細かな足音に続き、二階の奥の襖が強く閉まる音が聞こえる。

「あの、おじさん。和子おばさんはなんて話してました？」これではまるで、僕が芙美のことを告げ口したみたいではないか。「僕は、芙美がいて特に困るようなことはないので」

「和子はちょっと暢気《のんき》すぎるんだ。小夏くんにも迷惑をかけたね」

「いえ、あの。ちょっとおじさん！」

明生おじさんは迷うことなく二階へ上がっていった。

僕はそのあとを追いながら、午後の予約のないうちに、今日はもう店を閉めるかどうかを考えていた。

母、春の弟である明生おじさんは、陽気な母やおっとりとした和子おばさんとは違って生真面目《きまじめ》だ。僕は昔、一度だけ、母と明生おじさんが言い争っているのを見たことがある。母が離婚を決めたときだ。今、思い返すと、明生おじさんは離婚をやめさせようとしていたのだろう。残された家を改装し、たったひとりで美容室を開くなんて、自身の老後のことだってあるのにどうやって暮らしていくのだ。子供ひとり育てるのにいくらかかると思っているのだと、明生おじさんは声を荒げていた。

子供ひとり。それが僕のことだとわかった瞬間、自分がとても悪い存在であるような気がしたのをよく覚えている。

「芙美、子供みたいなことはやめなさい！」明生おじさんは迷わず、襖の閉まっている奥の部屋へ向かう。

「明生おじさん、待って、落ち着いてください」

僕が止めるのも空《むな》しく、襖は勢いよく開かれた。芙美はベランダから差し込む日向《ひなた》の中に、小さく丸まって座り込んでいた。長い黒髪が背中全体を包んでいて、なんだか黒く艶やかな球のようだった。

「芙美。こっちを向きなさい」

芙美はぴくりとも動かなかった。

「おじさん、和子おばさんはなんて言ってるんですか？　僕は一応、芙美のことはよろしくってかんじで言われたんですけど」

「だからね、小夏くん。和子と私とは今回の件に関する考えが少し違うんだ」明生おじさんは言いながら、芙美の背中に相対する位置に正座をした。

僕は仕方なく、おじさんと芙美、ふたりともが視界に入る場所に、ゆっくりと座り込んだ。もしも手が出るようなことになれば、止めに入ろうと思ったのだ。

「芙美。お父さんは何も、芙美が会社を辞めたことを責めてるわけじゃない。住んでたマンションを引き払って実家に戻ってきたのも、仕事を辞めるのなら、良い判断だったと思ってる」

ここ何日かのうちに、うすうす予想はしていたけれど、芙美はやはり、会社員ではなくなっていたのだ。僕は静かに溜《た》め息をついた。

「ただ、お母さんは何も聞かないかもしれないが、今後どうするつもりなのか。何か困っていることがあるとしたら、それがなんなのか、話してくれないと手助けできないだろう。私はそう思ってる」

「だから」僕は聞いたことのない、苛立った声だった。「だから、手助けなんて誰にもできないことだし、必要ないって言ったでしょ。お母さんやお父さんに話せるようなことは何もないの」

そのあとの芙美の説明はとても簡潔だった。

「家には帰らない。しばらくここにいることも、生活費を入れるってことで小夏くんには了解は取ったの。そのうち、またここも出てひとりで暮らすから、帰って」

明生おじさんは早くも言葉に詰まった。おじさんの心配はわからなくもない。しかし、家族だからと言って何もかも共有できるとは限らないことを、僕は知っている。

「おじさん。ここならいつでも連絡はつきますから」僕はおずおずと言った。「今日は、ひとまず」

芙美はきっとすごく頑固だ。小さな背中から醸し出される奇妙な迫力に、息をのむ。

「僕のほうから、なるべくこまめに連絡しますから」しかし、なぜ、僕が明生おじさんを説得するような格好になっているのだろう。

僕は黙って立ち上がり、一階へ降りていく明生おじさんの後について店を出た。眩《まぶ》しい日差しに溜め息をつくおじさんの背中は広いけれど頼りなげで、たるんだ首の皮膚に刻まれた皺は汗を搔き、赤くなっていた。僕や芙美には思いもよらないほど長い時間、大人をやっているあかしだ。

「小夏くん」先ほどとは打って変わって、小さな声だった。

「はい」

「芙美の、あの子の変わりようをどう思う？」縋《すが》るような、心もとなげな問いかけにどきりとした。明生おじさんも、芙美の変化が理解できないのだ。たぶん、ある種の恐怖すら感じている。

わからないことは、確かに怖い。

「そりゃ、驚きました。以前はしゃんとした、きれいなOLさんっていう印象だったので」今は、飾り気のない、まるで中学生みたいだ。

「あれが進化なのか退化なのかが、私にはわからないんだよ。もしくは、やがては元に戻る、一時のものなのか」

「またOLスタイルに戻るかどうかは、僕にもわかりません。でも、どちらにせよ、そういうこともあるって、理解して受け入れてやるしかないと思うんです」今、きっと、おじさんは母のことを思い出している。母の場合はたぶん、進化だった。周囲を置き去りにするほど、進化に進化を重ねて、おおらかに生きて死んだ母。僕たちを置いてきぼりにしてこの世を去った母。

「理解して、受け入れる」明生おじさんは静かに復唱した。

「すいません、えらそうなこと言って」

「いや。小夏くん、あの子の目を、見たか」おじさんは声をひそめた。

「目？　芙美の目ですか？　どうして？」僕は思わず肩をすぼめ、おじさんの声に耳を傾けた。

おじさんがはっきりと何かを認めたのは、三度目にそれを見たときだった。一度目は一瞬のうち、陽《ひ》に反射したのだと思って忘れた。二度目は夜だったが、瞳に跳ね返る光源は部屋の中にいくらでもあった。三度目は、真昼のリビングだった。

「不意に呼びかけて、芙美がこちらを振り返ったんだ。そのときは、かなりはっきりとそう見えた。右目が、白く濁っていて、黒目がすっかり消えてなくなっていた。それから点滅した、ように見えた」

たじろぎながらも、右目をじっと見ていると、芙美は何も違和感のない様子で「何？」と尋ねた。ちらりと視線を外し、「いや」と答えてつばを飲み込み、静かに息を吸い込みながら再び芙美を見ると、瞳は元に戻っていたという。

不可思議な話だ。

芙美に何か不調があったらすぐに知らせると約束して、おじさんを駅まで見送り、アムールへ取って返す。途中、コンビニエンスストアでチョコミントのアイスクリームをふたつ、買う。冷凍庫にアイスクリームをしまい、予約の電話を受ける。食べかけだった昼食を片付けてしまうと、僕はそろそろと二階へ上がった。

芙美は畳に座り込んだまま、体勢を変えずにいた。

「芙美、おじさん帰ったよ」僕は芙美の近くに座った。「アイスクリーム買ってきた」

「小夏くん、いつ、うちに電話したの？」

「おばさんのほうから連絡もらったんだ、芙美を知らないかって。いとこ同士とはいえ男と女だし、和子おばさんに心配かけると思って、うちにいるって話した」

芙美はこちらを見ずに、わずかに俯いた。しばらくすると鼻を啜《すす》る音が聞こえたので、泣いているとわかった。

なんと言葉をかけたらいいのかわからなかった。何せ、僕だって芙美の心の中のことや、この変化、進化、或いは退化についての詳しいことは何もわからないのだ。泣くなとも、言いたくなかった。

「とにかく、ここにいてかまわないから」僕は今、芙美のことを面倒だとも邪魔だとも思っていない。「芙美、ちょっとこっち向いて」

芙美はシャツの袖《そで》で顔を乱暴に拭《ぬぐ》ったあと、おずおずと振り向いた。赤くくしゃくしゃになった芙美の目元からは、いくらでも、新しく涙が滲《にじ》み流れている。しょっぱい涙の気配が、畳の上を滑って僕の鼻の奥にまで届く。

「顔、すごいよ」僕は明生おじさんの言っていたことを確かめようと、膝をつき、少し前かがみになって芙美の顔を覗き込んだ。皺の少ない白い肌に産毛が生えている。濡れた睫毛が艶やかに光り、目のふちが赤い。

妙に扇情的な顔つきに、思わず指で頰の涙を拭う。冷たく柔らかな頰。しかし、それに気が付くと、僕は肩をすくめ、目を見開いた。

「芙美」明生おじさんの話の通りだった。芙美の右目は、硝子玉のように透き通っていた。おじさんは「右目が白濁していた」と言ったけれど、むしろ、恐ろしいほど透明に近い。その奥に、柔らかな絹のような白い帯が揺れている。帯は目を凝らすと二本、三本と増え、周囲の毛細血管はごく柔らかな青緑色に染まっていった。

青緑はゆっくりと赤に変わり、やがては黄色くなって、また青くなる。点滅とは違うけれど、近い状態だ。

「そんなに、まじまじ見るほどすごい顔？」芙美は涙で掠れた声で言い、鼻を啜り、顔をしかめた。

「それほどじゃ、そんな、そんなんじゃないよ」知らないうちに強張《こわば》っていた肩の力を少しずつ抜きながら息をする。芙美に緊張が気《け》取られないように、ゆっくりと。

芙美の目には瞳孔《どうこう》がない。ないかのように見える。明生おじさんの不思議な話は目の錯覚ではなかった。或いは僕も今、錯覚しているのか。

「小夏くん？」芙美がかすかに首をかしげ、目を伏せる。

目が離せない僕の眼前で、芙美の目は緩やかにその透明度を落とし、数度のまばたきの後、気が付くと元通りになっていた。くっきりとした黒目が僕をとらえ、怪訝そうにしている。いつも通りの右目だ。

「なんでもないよ」理解できないものに対する畏怖《いふ》から現れた幻とする以外に説明がつかない。人間の瞳があんな風に光らないことは、専門家でない僕にだってわかる。明生おじさんに感化されてしまったのだろうか。

僕はとても疲れているし、おじさんはあまりに真剣だった。

「小夏くん。顔色悪いよ」自身で再度、顔を拭《ぬぐ》いながら、芙美はじっと僕を見た。僕は、何も答えられなかった。芙美が怖かった。

例えば明るかった母も、僕の知らないところで泣いていたのだろうか。ひとりで抱えている何かがあったのだろうか。離婚と、子供ひとりと、ほかにも。泣いたあと、どうやってもう一度、笑ってくれていたのだろう。

「いらっしゃいませ」予約の時間より早く来た客に微笑みかけ、会釈する。夕方に向けて、空はどんよりと曇《くも》り、蒸し暑い空気は緑のにおいをさせていた。「なんだか雨が降りそうですね」

ベランダが軋《きし》む音がする。芙美が洗濯物を取り入れてくれているのだろう。

美容師になろうと決めたのは十六歳のころだった。理由は単純なもので、ひとりで働いている母を手伝おうと思ったのだ。

母が離婚したのは僕が七歳のときだった。僕は物心がついていたはずなのに、父のことをあまり覚えていない。離婚後もしばらくは連絡を取っていたはずだけれど、父が再婚をしてからはわざわざ会うこともなくなり、久しぶりに再会したのは母の通夜だった。

喪服を着た僕と父は、残念ながらよく似ていた。母とは違って神経質そうなところや、おとなしいところ、それから何より、背が低いところ。

僕は母と同じくらいしかない自分の背丈を気にしながら生きてきたけれど、それは父の遺伝子によるものだったのだ。

「小夏、元気だったか」母の通夜の席で、父は親類ではない人間が座るほうの椅子に座っていた。

「おかげで、小さく育ったよ」自分がこんなにくだらない、嫌みったらしいことを言う人間だとは思わなかった。「でも、『春』が終わったんだ。どんなにチビでもひとりでがんばらないと」

春は死に、夏が来る、小さな、夏。父は黙っていた。

離婚の原因は父の浮気だった。結果的にはそれが本気だったから、父は再婚したのだけれど、とにかく、母と僕はあの家と一緒に捨てられたのだ。

「申し訳なかった」

もちろん、父からある程度の金銭的な援助は受けていたけれど、母はとてもよく働いていた。老後はたくさん旅行をしたいからだと言っていたけれど、その金のほとんどは日々の生活費や僕の学費と、自身の医療費に消えていった。

「これから大変だと思う。できるだけのことはするから」

一番、無力なのは、何の権力も能力もなく、ただひたすらに不機嫌な僕だった。でも、父には頼るまいと決めていた。実際、それきり、四十九日も一周忌も、法要を行うことを連絡こそしたけれど、できたら来ないでくれと頼んだ。

父には、僕が母と同じ美容師になったと直接は話していない。知ったからといってどうなるものでもない。

「小夏くん、髪の毛やって」バスタオルをターバンのようにして長い髪を包んだ湯上がりの芙美が、全身から湯気を立てながら小上がりを覗きこむ。

ニュースに見入っていた僕が顔を上げると、芙美の肌がたっぷりと水気を含み、柔らかい桃色に染まっているのが見えてどきりとする。

「やってって、何を」すたすたと台所へ行く芙美の背中に、僕は尋ねる。

「乾かすの。ドライヤーでやらないと小夏くん怒るから」冷蔵庫から麦茶のペットボトルを取り出すと、グラスになみなみと注いで喉を鳴らして飲みはじめる。

「仮にも美容院にいるんだから、そのくらい自分でやらないと。伸ばしたいんでしょ?」

「暑いうちは自然乾燥じゃだめなの? 後でオイルのトリートメントつけるから」芙美は小さなテレビを観ている僕を、台所から顔だけ覗かせてじっと見た。

「自然乾燥すると髪も乾燥して、地肌にもあんまり、もう、わかった。こっち来て」僕はしぶしぶ立ち上がり、店の電気をつける。

夜の我が家は、道路に面したブラインドをすべて下ろし、店舗部分の電気は基本的にぜんぶ消している。住宅に囲まれているので、一階の小上がりや台所、脱衣所、風呂場、トイレなどはだいぶ暗くなるけれど、構造上、仕方がない。

僕は慣れているから何とも思わないけれど、芙美は最初、少しだけ怖いかんじがすると言った。急に、空き家みたいに空《むな》しく冷たいかんじになると。

母と住んでいたころは、電気がついていなくても、いつだって明るく温かだったのに。

「なんだか特別なかんじがして楽しい」改めて電気をつけた店の椅子に、芙美は意気揚々と腰かける。昼間はけっこう泣いていたけれど、目元はすでにすっきりとしていた。

僕は大きなドライヤーを手に取り、ひんやりと濡れた芙美の髪に手際よく風をあてはじめた。指の間をするりと抜けていく滑らかな髪の毛から、シャンプーのくちなしが香る。

不意に、芙美が「ほ」と音がしそうな溜め息をついた。

「小夏くん、本当にごめんね」芙美は僕の手にすっかり頭を預けていて、ときどきかくんと揺らす。

謝っているのは、うちに転がり込んできたことだろうか。明生おじさんとの喧嘩《けんか》のことだろうか。それとも、今、こうして髪を乾かさせていることだろうか。

「いいよ」大きなブラシで梳《と》かしながら、長い黒髪をまっすぐにブローしていく。それから、オイルトリートメントを両手にのばし、毛先を中心に揉《も》み込む。「しかし人って本当に髪型で全然雰囲気変わっちゃうもんだね」

僕は、誰かを特別に美しくしたいとか、ファッションや流行に影響を及ぼしたいという高い志があって美容師になったわけではない。技術もセンスも磨こうという向上心はあるし、ひとりひとりの客に喜んでもらいたいけれど、そのあとのことはあまり考えていない。この仕事はあくまで、僕が生活していくための手段なのだ。だから、こんな風に毎日、僕の手によって髪質やスタイルが少しずつ変わっていく女性を目にするのは、少しだけ不思議で、感動的だった。これほど意味を持つものなのだと実感したことはなかった。

「そんなに違う？」芙美は僕のことばをどうとらえたのか、少し不安げな声を出した。

私のこと、おばけみたいって思ったでしょ。再会した日、芙美は僕にそう言った。確かにあのときの芙美は、じっとりと湿って暗い、日本のホラー映画に出てくる幽霊みたいだった。でも、今は生身の人間だとわかっている。

大きな鏡の中の芙美は、どことなく寂しげで子供じみた、僕の従妹だ。

「どっちも似合ってるよ」僕は長い髪にブラシをかけながら言った。「きれいめＯＬスタイルも、なんていうか、昭和ホラーカジュアルスタイルも」

芙美は笑いも怒りもせず、鏡越しに僕をじっと見て、僕を観察しているようだった。その目には、ちゃんと芯《しん》がある。

2

芙美の水玉のキャリーバッグに入っていた荷物はとても少なかった。パステルカラーの半袖Tシャツが数枚にデニムのミニスカートと、似たようなショートパンツ。それから、派手な色のジャージのパンツが二枚。ベージュのコットンジャージのワンピースが一枚。靴は、ゴムのつっかけサンダルと、ヒールのないくすんだピンクのパンプスが一足。下着は、ブラジャーとショーツが数枚ずつ。靴下を履いているのは、今のところ見ていない。化粧品も最低限で、化粧水と乳液が一式。ヘアブラシ。それから、口紅が二本だけだった。

せめて外出時は日焼け止めを塗ることを勧めたが、「うーん」とか「そうねえ」とはぐらかすばかりだ。

一度、すっかりからにした母の鏡台に、わずかな芙美の化粧品が並んでいるのを見た。嫌ではないけれど、別にうれしくもない。あくまで、母のものを一時的に貸しているという感覚だった。もう、母が使うことは二度とないのに。それでも、母以外の人間のものにはなりようがない。

僕は「マザコン」なのだろうか。

「今度は何観てるの」

芙美はよく、レンタルビデオ店と図書館を利用している。ありとあらゆるジャンルの映画やドキュメンタリー、ライブや舞台、ドラマやアニメを真面目くさった顔で鑑賞し、小説や童話や絵本、図鑑や画集、ときには参考書などを隅々まで読み、終えると「ふう」と息を吐く。

我が家にいる間になるべく荷物を増やさないためには、レンタルは最適のサービスだと言い、数日おきに、借りられる上限ぎりぎりまでの本とＤＶＤを借りて戻ってくる。

「なんか恋愛映画」芙美はぼんやりと返した。長い髪が首や背中にまとわりつかないようにひとつに結っている。デニムのショートパンツから突き出た白い脚が、無防備に畳に投げ出されており、やはり、痕《あと》がついている。

「これ、たぶん観たことあるよ。なんだか陰鬱な話だよね」僕は小さな液晶テレビの画面を見て言った。

「フランスの恋愛映画なんてどれも陰鬱だよ」芙美はあっさりと答える。

「じゃあ、どうしてわざわざ観るの」フランスの恋愛映画に限らない。芙美はなぜ、こんなに映像を見て文字を追うのか。それは疑問を抱《いだ》くのに十分な量だ。

「みぞおちのあたりがスカスカするから」

「みぞおち？　お腹《なか》が減ってるときみたいだね」僕は右手で自身のみぞおち周辺をさすった。

「似たようなものよ」

映画や本などを食べて、空腹感を紛らわす。つまり、どういうことなのだろう。僕はときどき芙美の目を見て、あの現象をもう一度、確かめようとするけれど、今のところ、おかしな様子はない。ただ、芙美自身はおかしい。仕事を辞めてしまったから生活がどうだとか、明生おじさんと仲違《なかたが》いしているのが良くないとか、お洒落をしなくなったからどうとか、そういう次元の話ではないことが肌で感じられる。でも、どうすればいいのかわからない。僕が手を加えられるのは、芙美の髪の毛や肌だけだ。今、芙美に必要なのはそういう類《たぐい》の美しさでないとわかっているのに。

芙美はどんな映画の鑑賞中でも、すっかり集中して身体《からだ》を硬くし、その表情もまるで変わらない。恋人同士が再会しようが別れようが、殺人鬼が現れようが幽霊を成仏させようが、犯人が明らかになろうが物陰から化け物が飛び出そうが、美人女優が裸になろうが、芙美はじっとしている。それを見ていると、本当に時が止まってしまったようで背筋がぞっとする。

この家の中は本当に夏なのだろうか。ただ、半袖を着てビールを飲んでアイスクリームを食べて、それらしく振る舞っているだけで、実はある時点から、どこにも進んでいないのではないだろうか。強い日差しも蟬の鳴き声も嘘みたいだ。だとしたら芙美の変化は「退化」だ。そして、僕はもう変化すらしていないのかもしれない。そうやって、僕たちはアムールの中に籠《こも》って、ゆっくりと死んでいく。

「何考えてるんだろう」自分のことですら、よくわからない。

予約客を待ちながら、大きな鏡を覗いて自分の顔を確かめる。どことなく不満げで、母に似てはいるけれど華やかさは一切なく、コピー用紙のように平坦な顔をしている。まるで、何も考えていないように見える。

もう、あと数日で八月になる。毎日、からりと晴れていてとても暑い。

仏壇代わりというわけではないけれど、小さな食器棚の上に置かれた母の遺影と位牌に、僕は毎日、手を合わせる。僕たちはがんばってどうにかやっているので、今後もどうにかなっていきますように。

「アルバイト？　どこで？　なんの？」図書館から帰ってきた芙美に矢継ぎ早に訊《たず》ねる。

「いつも行くそこのコンビニ。貼り紙がしてあったから聞いたら、面接してくれるって言うから受けてきたの」芙美は件《くだん》のコンビニエンスストアの袋から菓子を取り出しながら続けた。「明日から入るから」

「芙美、貯金あるって言ってなかった？　もし厳しいなら相談に乗るのに」生活費をもらうといっても、我が家は家賃がいらない。芙美はまだここにひとつきもいないのだし、大飯ぐらいでもないし、雑費は当然、その都度、本人が支払っている。芙美の気持ちの問題もあるだろうから遠慮はしていないけれど、別にはっきりと生活費などもらわなくたって、従妹なのだからかまわない。芙美は困っているのだから。

「厳しいわけじゃないの。ただ、貯金を切り崩《くず》していくのもなあって思って。この先どうするかも決まってないし、次の仕事までのつなぎ」芙美はごく薄く笑った。鼻の頭と頬骨のあたりが少しだけ赤くなっている。

「日焼け止め塗りなって言ってるのに」芙美が本当に健やかさを取り戻したというのならば、働きはじめるのはいいことだ。だからこそ、僕は微笑めない。

「どうしてそんな顔するの。大丈夫。社会性はちゃんと残ってるから」

僕が心配しているのは、日焼けのことでも社会性のことでもない。

芙美の瞳がおかしな様子になることは、あれから一度もなかった。僕はいまだにあの現象を実際に起きたことだと信じてはいないけれど、それでも芙美がある意味、病的であることには違いない。

芙美は早くも菓子の袋を開けて食べはじめながら、片手で借りてきた単行本を器用にめくっている。

「まあでも、無理はするなよ」だからといって、止める権利は僕にはない。なんとなく心配だなどという、過保護な父親と変わらない理由では、芙美だって納得しない。

「なにそれ、病人じゃあるまいし」芙美は淡々とそう返した。一定のリズムで口に運ばれる菓子はちっともおいしそうには見えなかったが、芙美は不意に菓子の箱を僕に向け、勧めた。

そのチョコレート菓子を素直にひとつ摘《つま》み上げ、口に放り込みながら、つい、伏せられた芙美の目元を見つめてしまう。

その夜の食事は、近所のカレー屋に行った。

僕も芙美も、熱心に料理をするほうではない。ときどき、本当に簡単なものを作ることはあるけれど、普段はスーパーの惣菜や弁当、駅の近くの魚の定食を出す店や、ホルモン焼きの居酒屋と台湾料理屋もよく利用している。

芙美は黙々と菓子を食べ続けていたせいで、チーズ入りのチキンカレーを食べ残した。

「ほら、だから言ったのに」と咎《とが》めると、芙美は「大人なんだからいいの」と言って頬を膨らませた。

僕らは年齢ほど大人ではないと思ったけれど、口には出さなかった。

帰宅後、僕はわずかな食器を洗い、風呂場に行って浴槽を磨き、湯を沸かした。それからグラスをふたつだし、それぞれ麦茶を注いで、小上がりのちゃぶ台に置いた。飲むかどうかわからなくても、つい、そのようにしてしまうのは、もともとは母の癖だった。

芙美はいつになく熱心にニュースを観ていた。僕はその隣に座り、両脚を投げ出して麦茶を啜り飲む。

「巨大ヒマワリ？」確かに、物珍しいニュースだった。約五ヘクタールもある向日葵畑《ひまわり》にたった一輪だけ、突然変異だと思われる、通常の三倍以上もの大きさの向日葵が咲いたというのだ。

「芙美、花好きなんだっけ」何気なく声をかけるが、画面に夢中で返事がない。

大きすぎる向日葵の花は、女性リポーターの背丈と同じくらいの大きさで、気味が悪かった。畑の持ち主は、毎日、向日葵の世話をしていたけれど、その花の存在に気が付かなかったという。

「なんで気付かなかったのかな、こんなでかいの」僕は首をひねり、ついでに疲れ切った肩を回した。

「怖い」芙美はテレビ画面を見つめたまま言った。

「え？　突然変異の向日葵が？」ニュース番組はもう、次の特集に切り替わっている。「まあ、あんなに大きいと面白いっていうよりホラーだよな」

芙美は黙って、映画のＤＶＤを続きから再生した。くすんだ色の映像は物悲しく、良い予感はさせなかったが、どこか気持ちが落ち着くような気がした。

「みぞおちのスカスカ、埋まりそう？」

「どうかな。明日埋まるかもしれないし、ずっと埋まらないのかもしれない」芙美は静かな横顔で字幕を追う。

いったい、何でできた穴なのだろう。それを埋めるために必要なのは、陰鬱さか、官能か。笑いか、芸術性か、恐怖か。そのすべてか。

「何が、見たいの？」僕は小声で訊ねた。

「何も見たくない」少し苛立ったような、強い口調だった。

僕はそれ以上、追及しなかった。既《すで》に会話が嚙《か》み合わなくなってきているから、この先どんな風に話を繋げても、核心に触れられやしないだろう。仮に少しでも触れられたとして、僕は芙美に何かしてやれるのか、もっと言えば、何かしてやりたいと思っているのかどうかもわからない。

「風呂、見てくる」僕はさっと立ち上がった。芙美はちらりと僕を見上げたけれど、何も言わなかった。

芙美があまりに不愉快そうな顔をしてレジの中に立っていたので、僕は思わず近づいて「ちょっと、芙美」とたしなめてしまった。それから、レモンティーと弁当と菓子パンを入れたかごをその前に置く。

「小夏くん、いらっしゃいませ」慣れた様子でレジを打つ芙美は、高校生のときにも少しだけコンビニエンスストアでアルバイトをしたことがあるそうだ。

ひとつに束ねた長い髪と、やはりパステルカラーのTシャツにデニムスカート。かろうじてサンダルは避けてバレエシューズを履いているけれど、カジュアルすぎることに変わりはない。それに、店内はエアコンがきいていて驚くほど寒い。

「今、すごい顔してたよ」小銭入れを出しながら苦笑する。

「ここ、寒いんだもん」芙美は溜め息をつきながら静かに袋を取り出す。「お弁当、温めますか？」

「いや、そのままで。じゃあ、明日から僕のパーカー貸すから」

「うん」芙美は弁当、レモンティーのパック、菓子パンの順に袋に詰めると、袋詰めのおしぼりを摘み上げ、「お箸《はし》は？」と他人行儀に尋ねた。

「いらないよ。いつももらってないだろ。さっきからどうしたの？　僕が何かした？」なんだか少しだけ、苛立った。僕たちはそれほど仲が良くないと今でも思っているのに、余計に突き放されているようでいやだったのだ。

「ううん、何もしてない」芙美は少しだけ驚いた様子だった。「気に障った？　ごめんなさい」

「怒ったわけじゃないよ、ただ」本当は、怒っていたのかもしれない。他人行儀であるのが、僕たちにとって普通のことなのに。

「お客様、どうされました？」

後ろから声をかけられ、僕は仰天して振り向いた。コンビニエンスストアでこんな声のかけ方をされることは少ない。

「店長」芙美がぼそりと言った。

「店長？」僕も思わずつぶやいた。

やたら明るく響く声の主は、立派なアフロヘアだった。くたびれてくすんだブルーのポロシャツに太いシルエットのデニムパンツを穿き、店のエプロンをかけている。笑った丸い顔は簡単に三本の線を引いたようなかんじで、背が高く、僕や芙美は見下ろされていた。

「あれ、もしかして芙美ちゃんのお兄さん？」アフロ店長は細い目をわずかに見開いた。

「兄じゃなくて従兄です。芙美が、お世話になります」僕は静かに会釈した。

「そうかそうか！　今日は偵察ですか？」大きな手が奪うように僕の手を掴み、握手をする。冷えた店内で、店長の手は異様に熱く感じた。

「いいえ、普通に買い物です。昼飯を」

「そうですか、ありがとうございます！　なんかね、コンビニ経験があるっていうことなんで、安心ですよね」すごく声の大きい人だ。それから、握った手をなかなか離してくれない。過剰な笑顔で少し首を前に突き出す店長に、つい後ずさってしまう。

「あの、仕事に戻るので」こんな派手な人がこの店にいただろうか。いつも利用しているのに、気が付かなかった。

「はい！　どうも、お引き留めしてすみません！　ああ、それから芙美ちゃんの歓迎会をしようと思っているので、従兄さんもぜひ」

「歓迎会？」コンビニエンスストアのアルバイトで歓迎会をしたとかするとかいう話は聞いたことがない。無論、店長や従業員の意向次第だろうけれど。

僕は芙美をちらりと見た。芙美は僕の弁当の入った袋を軽く持ったまま憮然《ぶぜん》としている。不機嫌の理由は間違いなく、このアフロだ。

僕は中途半端な愛想笑いを浮かべたまま、「またどうぞ！」と手を振られながら店を後にした。

あの店長は誰にでもずいぶんと気安そうだった。それから、良くも悪くも遠慮がない。僕もああいう人が得意なわけではないので、その気持ちは推し量ることができる。

明るい人間は好きだ。尊敬もする。でも、いつでもだれとでも笑顔でいられるバランスで生きている人を、僕はうまく信用できない。たぶん、心のどこかで妬《ねた》んでいるのだろう。無論、芙美は妬んでなどおらず、ただ単に面倒くさいだけだと思うけれど。

「暑いなあ」思わずつぶやく。頭のてっぺんや首の後ろの皮膚がじりじりと焼ける音が聞こえてきそうだ。

あんな、いかにも我が家の血筋には向かない人間のいる店で働かなくとも、この近辺には気軽にアルバイトのできそうな店はいくらだってあるのに。貯金を切り崩すのは不安かもしれないけれど、それほど急いで働かなければどうにかなるわけでもあるまい。

僕は芙美の暗澹《あんたん》とした表情を思い出し、思わずふっと笑った。

「だって、あそこ案外時給がいいんだもん」芙美はそう言うと大きな溜め息をついた。

気疲れした様子の芙美は、賞味期限切れの惣菜やデザートをいくつか持って帰ってきた。無論、本当はいけないことだけれど、若いフリーターの生活の足しになるだろうと、あの店長が容認しているということだった。

彼がアフロヘアを揺らしながら「もったいないからさ!」とにこにこ笑うさまは容易に想像ができる。

「まあ、時給は大事だよね」僕はコンビニエンスストアの袋の中からプリンアラモードを選び取り、おもむろに食べはじめた。

畳に寝そべる芙美の小さな背中を、艶やかな黒髪がほとんど覆っている。

「あの店長、歓迎会って本気なの？　いつもやってるのかな」生クリームを舐《な》めとると、プラスチックのスプーンが歯にあたって軽い音を立てる。自分ひとりではよほどのことがない限り食べないものだから、なんだかやけにおいしく、新鮮に感じる。

「そうみたい」芙美は身じろぎして右ひざのあたりを少し掻いた。「お兄さんもぜひって、あの後も言ってたよ」

「まあ良いけどね、お兄さんでもなんでも」

「お兄ちゃん」間髪を容れずに、芙美が僕に呼びかけた。少しだけ甘えるような、したったらずな、間延びした言い方にどきりとした。しかし、身体も顔も、こちらを向く気配はない。

「何」

「お兄ちゃんも歓迎会来てよ。私ひとりで行くのやだ」芙美はやっと、よいしょと寝返りを打つと、顔にかかった髪の毛を右手で払いのけながら僕を見る。

「会社員のときだって飲み会くらいあっただろ。店長がああは言っても僕は部外者なんだし、行かないよ。あと、パンツ見えそう」

芙美はパンツのことは無視してわずかに頰を膨らませた。

「私は今はもう会社員じゃなくてぎりぎりフリーターなの。小夏くんが行かないなら私も行かない。行きたくないいんだもん。歓迎会はやめてもらう」

「僕だっていやだよ。あの店長のノリ苦手だし、あのノリについていく人たちもたぶん苦手」

「本音が出た」芙美は気怠く言いながら身体を起こし、乱れた髪を整えず、しかし頭を掻きながらあくびをした。

「脚開きすぎ。パンツ見えてる」本当はまだ見えるか見えないかというところだった。

「お兄ちゃんのスケベ。ケチ。チビ！」芙美はさっと両脚をそろえて座りなおす。「チビ」

「チビだけは言うな、本当に傷つくから」

「気にしてるの？　ちょうどいいのに」芙美は目を丸くした。

「ちょうどよくない」

お兄ちゃんでかまわないと言ったのは自分なのに、本当にこのまま「兄のような存在」として芙美に扱われていくかもしれないと思ったら、それはなんとなく嫌だった。下心があるわけではないけれど、だからといって一ミリも男性として見られないというのも癪《しゃく》に障る。しかも、チビだなんて。

「ごめんなさい。もうチビって言わないから一緒に来てください」芙美はおもむろに正座して、ゆっくりと頭を下げた。

「わかったわかった。わかったから頭下げるのやめろ」僕は不承不承、答えながら芙美の小さな肩に軽く手を置いた。「芙美、こっち見て」

芙美はゆっくりと顔を上げた。別段、申し訳なさそうな顔はしておらず、薄く口を開け、僕の目をじっと見る。なんだか、お殿様に縋《すが》る町娘のような体勢だ。

「芙美」僕は思わずしゃがみこみ、芙美の顔を両手で摑むようにして持った。そうして、その両目を覗き込んだ。「芙美、今泣いた？」

「泣いてないよ」しかし、少し赤みを帯びて見えた右の瞳孔が白っぽく濁っていく。そのうちに透明に近くなり、今、まさに消えていく。

「小夏くん、ちょっと、離して」

硝子球のようになった芙美の目の奥に、この前と同じような、白く平たい帯が、ゆっくりとたゆたっているのが確認できる。

長い睫毛と、濡れて艶やかな眼球の表面。怪訝そうな顔をして僕を見返す芙美。赤い日焼けのあとと、リップクリームが塗られただけの、小さくかたちのいい唇。日々のひどい扱いの割には、きめの整った肌。

「小夏くん、手が、熱いよ」芙美は言いながら、そうっと僕の両手に触れた。熱くも冷たくもない小さな手だ。

「ごめん」あまりに顔同士が近づいていたことに気付き、慌てて手を放し、身を引いた。「ごめんごめん」

「小夏くん。私のこと、怖いの？　またおばけ見てるみたいな顔してる」芙美はとても悲しそうに言った。

「怖いわけないだろ」嘘だった。芙美は明らかにどこかがおかしい。でも、その正体がわからない。つまりそれは、僕にとっては、芙美の正体がわからないということとほとんど同じだ。「芙美のことが怖いわけないだろ」

僕の従妹は、死んだ僕の母に少し似ている。背丈も僕と同じくらいの、ごく普通の女の子のはずだ。でも、同時に、良くも悪くも、僕や明生おじさんの薄っぺらな経験や常識や知識では補えない何かを抱え込んでおり、それがどんどん膨らんでいっている気がする。それを、僕は毎日、じっと観察しているのだ。

「歓迎会には、少しはお洒落して行きなよ。顔も髪も僕がやるから」僕は無理矢理に口だけで笑い、食べ終えたプリンのカップとスプーンを手早く片付け、台所で深呼吸をした。

芙美は怖い。でも、近くでじっと見ていると、欲情とまではいかないけれど、おかしな気分になる。甘いにおいがするわけでもないし、色気もない。ただ、あのビー玉のような目と静かすぎる顔つきを見ていると、なんだか無性に苛々して、突き飛ばすように押し倒してやりたくなるのだ。そのまま行為に及ぶかどうかは別として、とにかくもう少し深く知りたくなる。

くだらない少年のような性衝動か、怒りなのか、また違う感情なのかはわからない。

「私、ちょっとよそいきにできそうな服、ワンピース一枚しか持ってきてないよ」芙美が畳で独り言を言った。

僕は胸の鼓動を抑え、知らぬうちに額と背中に掻いていた冷や汗が引いていくのを、ただじっと待っていた。

「芙美の視力？　さあ、会社にいたころは健康診断があったでしょうけど、特に問題ないんじゃないかしら？　子供のころ一度結膜炎やったけど、うちにいるあいだは眼鏡《めがね》もコンタクトも作らなくて済んでたし」和子おばさんはそう言うと、受話器の向こうで「うーん」と考え込んだ。

「特に悪くないならいいんです。今も問題があるわけじゃないので。ただ、最近すごく映画を観てるし、実は近所のコンビニでバイトはじめたんですよ。だから疲れてるのかなと思って」芙美のアルバイト開始を報告するというのは、電話をするには一番いい口実だった。

「あら、バイト？　いやだわ、ちゃんと自分で連絡くれたらいいのに。ごめんなさいね、居候なのにアルバイトなんて」和子おばさんはおっとりと言った。

「いえ、貯金のことなんかを考えてのことみたいですから」

電話してまで芙美の目に関することを尋ねたら、和子おばさんに心配をかけるとは思ったけれど、僕にはどうしても、おばさんと話す必要があった。

僕と明生おじさんが芙美の瞳の奥に見たものは同じなのかどうか。そして、それが本当に見えているものなのか。もしかしたら、ふたりそろって幻覚を見ているか、何かの暗示にかかっているだけかもしれない。それを解明するためにはまず、芙美の目の健康状態を知ることと、芙美を知る、冷静で客観的なもうひとりの誰かの見解が必要だった。

「迷惑かけてなければいいんだけど」おばさんはそれほど目に関する話題を気にしてはいないようだった。少なくとも、僕やおじさんの見たような異変を、和子おばさんは見ていない、もしくは気付いていないのだ。

「あの、芙美のその」本当に見ていないかと、つい、はっきりと尋ねてしまいそうになる。

「ん？　なにかしら？」

「芙美の髪、だいぶきれいになりました。おばさんももしよかったら、今度来るときはカットさせてください」

「そうね。私なんかもう、白髪染めお願いしなくちゃ」おばさんは電話の向こうで柔らかく笑った。

目のおかしな光は、やはり錯覚かもしれない。そうであってほしい。

芙美の一張羅であるワンピースは、素材からしてあっさりとシンプルなコットンで、着ているのを見てもあまり着飾ったという印象のない洋服だった。浅いベージュの色合いも、穏やかなAラインも、膝下まである丈も、芙美の日常着からすれば「マシなほう」だとしか思えない。

赤みのある口紅を塗っただけの顔は一層白く見え、それなりに映えるけれど、顔も長い髪もそのまま、ほとんど何もしていないことは一目瞭然《いちもくりょうぜん》だ。

「やっぱりもう少し、なんとかしたら」僕は思わず口に出した。

「小夏くんもそのまま行くんでしょ。それに、駅のそばの居酒屋だよ。これでちょうどいいよ」

芙美は素っ気なく言うと、店を横切って畳へ上がり、ごろんと横になってしまった。

確かに僕はいつも通りだけれど、ボタンダウンのシャツかポロシャツ、黒く柔らかな素材のサルエルパンツ、白いコンバースのハイカットのスニーカーはそれなりには見える。

青山の美容院にいたころに、僕はこのコーディネートばかりを着るようになった。毎日、さまざまな組み合わせでお洒落を楽しむという余裕がなかったから、いつだってそれなりに見えて、小ぎれいな店にも入れる、自分なりのユニフォームを決めてしまったのだ。

いつなんどきでも、買うのは色や柄の違うボタンダウンのシャツに、ハイカットのスニーカー。パンツは、サルエルのほかに、ごく普通のすっきりとしたシルエットのものやハーフパンツばかり。よほどでなければ、考えずに摑み取って着てもおかしくは見えない。

「もうお客来ないし、出かけるまでにちょっとだけヘアメイクさせてよ」僕は長い髪を畳に広げて動かない芙美の背中に呼びかけた。

青山で、周囲の人間は皆、とてもお洒落に気を配っていた。決してそんなことはないのだろうけれど、お洒落をしていない、或いはお洒落でないことは罪であるようだった。しかし、「お洒落」というのは何を基準に決められるものだろうか。

毎日、流行に敏感な上司や同僚や、一般の客や、ときに訪れるモデルや女優を横目で見ながら、僕はすべてが現実味のないことのように思えていた。鋏《はさみ》の刃が触れ、ジリジリと音を立て、床にばさりと髪の毛が落ちる。その感覚ははっきりしているのに、笑顔を交わす人間たちが絵空事に見えていたのだ。

あのころ、僕の足元は毎日ふわふわしていて、恐ろしく不安定だった。

「僕は根がダサい人間だからさ。そもそも無理なんだよ、そういうの」

唐突な言葉に驚いたのか、芙美は身を捻《ひね》って僕を見た。

「みんなすごいなっていつも思ってて、それで、ビビッてたんだよね」

「何にビビッてたの？」芙美は眉をひそめ、わずかに身体を起こした。

何が怖かったのだろう。たぶん、好きなものを好きなように身に着けるだけでは許されないような、もっと、自分の身の丈を超えるほどの、こなれていて格好の良い雰囲気でいなければならないという空気に気圧《けお》されていたのだと思う。実際の僕は日々の忙しさにこころを奪われ、お洒落どころではない、とても矮小《わいしょう》な人間だと、常に思い知らされているようだった。だから、苦しかったのだ。

「なんだろうな。もう、忘れたよ」僕は俯き、なぜ自分は美容師になったのだろうと思った。誰に請われたわけでも、母に手伝ってくれと言われたわけでもなかったのに、なぜ美容師になると決めたのか。本当はよくわからない。ほかに何もなかっただけかもしれない。

「小夏くん、じゃあ顔と髪やって」芙美は起き上がるとワンピースを手で払い、店の椅子にどっかりと座った。「お化粧、なるべく薄くね」

「気、使ってるの？」僕は尋ねながら、のろのろと準備をはじめた。

「気遣ったらいけない？」芙美は何てことなさそうに鏡越しに僕を見ていた。

「いや。ありがとう」

僕がなぜ美容師になったのかはともかく、今はこの手指で、芙美を美しく仕上げよう。

以前ほど華やかな印象はないけれど、芙美は僕の母に似て、とても化粧映えする顔だちをしている。アイラインやアイシャドウなどは、本人の希望の通りに淡くしなければとても派手な印象になってしまうだろう。

ブラシでその鼻先を撫で、指で頬の曲線に触れながら、やはり僕はその瞳を覗き込んでしまう。ごく細かなパールが、肌を濡れたようにほのかに光らせる。

「どうして私の目を見るの？」芙美が尋ねる。「私の目、どうにかなってる？」

僕は少しだけ背を丸め、芙美の顔を覆うように椅子の背に右手をつくと、左手をおそるおそる芙美の目元に伸ばした。

「目を、見てるわけじゃ、ない」僕の言葉は上の空で、途切れ途切れだった。

芙美は僕から目をそらさない。

僕は芙美の唇に、ゆっくりと自分の唇を近づけていった。触れるか触れないかくらいの距離までできたところで、僕は再びそれを見つけ、身体の動きを止めた。

芙美の右目の奥の奥、黒目がゆっくりと白くなり、やがては眼球自体が透き通っていく。淡く光るその中に、白と黒のもやが帯状にたなびいていた。やがて帯はそれぞれゆっくりと色を青く変えていく。

「小夏くん？」芙美は瞳に何の違和感もない様子だった。「キス、するの？」

僕は慌てて身体を起こした。頭の芯が熱く、心臓が締め付けられるようで苦しかった。でも、僕は芙美のことが好きではないし、芙美も僕のことを男性としては見ていないだろう。和子おばさんや明生おじさんに対して「魔が差した」では済まされない。

「しないよ」声が上ずって、言い訳じみていた。実際は、キスをしなくて済んだというだけで、あの瞬間、僕は芙美に欲情していた。

「それならいいんだけど」それに対して、芙美はまるでいつも通りの口調だった。小さな唇は薄く開けられたまま、声の調子どころか顔色ひとつ変えず、胸の動悸《どうき》を抑えている僕をじっと見上げ、すべてを見透かしているみたいだった。

改めて見ると、やはり、芙美の眼球は元に戻っている。

「早く出ないと、芙美が主役の宴会なのに、遅刻する」僕は慌ててブラシを持ち直し、芙美の顎《あご》を持つようにして作業を再開した。髪を巻いて仕上げるところまでを頭の中で考えると、少しだけ気持ちが落ち着いた。

「赤みのある色、使おう」

芙美はすまし顔で大きな鏡に向き直った。

3

アフロ店長の、騒がしくも見事な幹事の宴会から数日が経った。

僕は何度か、明生おじさんに打ち明けようと考えた。たぶん、おじさんと同じ異変を、芙美の目の奥に認めましたと。僕たちがおかしいのか、芙美がおかしいのかわからないけれど、とにかく見ましたと。あれは現実だ。しかし、話してどうするのか。僕とおじさんと芙美と、三人で病院にでも行くのか。果たしてそういう問題なのだろうか。

アムールで働きはじめてから、僕の客の年齢層は以前よりうんと高くなった。スタイリングも大人っぽくて品の良い、流行とはあまり関係のないものが好まれる。僕は六十代の婦人の柔らかなセミロングの毛先を巻きながら、久しぶりにメイクまで施したあの日の芙美のスタイリングを思い出した。長い髪をごく緩く巻いて、唇は明るめのピンクで彩った。大きなラメやパールは控え、派手な色も使わずに仕上げた肌や瞼は、薄暗い居酒屋で繊細に輝いていた。

僕と芙美を入れて七人のテーブル。酌《く》み交わされるビールと笑い声の渦の中、芙美は僕の隣で、木製の分厚いテーブルに肘《ひじ》をつき、髪を揺らして見知らぬカクテルを啜っていた。ほとんど喋《しゃべ》らず、愛想笑いすらしなかったけれど、ちょこちょことつまみを食べたり、うまいタイミングで誰かと一緒に酒のおかわりを頼んだりする姿は堂に入っており、「子供のよう」だとは形容しがたかった。

少し前の、きれいなOLだった芙美は、きっと社会の中にこんな風に紛れ込んで、もっと笑ったりよく食べたり、男性の誘いを受けたり、コラーゲンが豊富だと謳われているメニューを注文してみたりしていたのではないか。それは、僕の従妹だけれど、ほとんど知らない女性だ。年に数回、会うか会わないかの、単なる親戚。

「小夏くん、図書館寄ってからバイト行ってきます」

客の毛先から顔を上げると、二階から降りてきた芙美が立っていた。

「一度、帰ってこないの？」僕は鏡越しに婦人に会釈をし、芙美のほうを向いた。

「うん。返すの忘れてた本があって」無造作にまとめられた長い髪に、Tシャツにデニムのスカート。近所のスーパーで買った、学校の上履きみたいな白いスニーカー。OLから夏休みの子供に戻っている。手に提げた黄色いナイロンの図書館貸出し用バッグには、黒でアヒルの親子の線画が描いてある。

「わかった。いってらっしゃい」僕はなんだかおじいさんになったみたいな気持ちで芙美を見送った。失礼しました、と婦人のもとへ戻ると、おっとりと笑みを返してくれる。

婦人を送り出すと、予約のないアムールはぷつんと暇になった。芙美のようにひとり畳に寝そべってみるが、目新しいことは特にない。古びた井草のにおいと、食器棚の上の母の遺影。その隣の小さな液晶テレビが目の端に見えるだけだ。

「イエーイ」

僕は芙美とキスをしそうになった。あの日の夜は、いかがわしい夢も見た。そんなことでうじうじ悩む年齢ではないけれど、今後の芙美との同居に支障が出ないように気を付けなければならない。あんまり色々なものを「溜めこむ」のも問題なのだろう。

「枇杷、切っちゃうか」むくりと起き上がり、頭を掻く。汚れてもいいTシャツに着替え、剪定ばさみを探し出し、脚立を用意する。エアコンのきいたアムールを出て、植込みのそばの枇杷の木を見上げる。既に店の前にも枝が伸び、大きな影ができている。

脚立の上に乗り、とにかく目についた小枝をどんどんと切り落としていく。枇杷は土臭いばかりで、その葉はしっかりとした緑色でとても大きい。

髪の毛を切るのとは違い、手にガツンガツンと手応《てごた》えがある。夢中になって切っているうちに汗が吹き出し、腕全体がだるくなってくる。それでも、とてもじゃないけれど根元まではいかない。それに、下のほうの太い枝や幹は、鋸《のこぎり》でないと切り落とせそうにない。こんな力仕事を、ずっと、母ひとりで行っていたのだ。

鋸を探すついでに何か飲んで休憩しようと脚立を下りる。すっかり日差しを浴びた全身がほてっていて、皮膚が熱い。

さっきから、店の電話を転送している携帯電話が鳴らないどころか、店の前を人が通る気配すらない。このまま客が来なくなったらどうしようと少しだけ思う。もしもそうなったら、別の美容院で働くか、僕もアフロ店長のもと、コンビニエンスストアでアルバイトだ。

「それはちょっといやだなあ」つぶやきながら、台所で手を洗い、立ったままグラスに麦茶を注いで飲み干す。一息ついていると、不意に自動ドアが開き、家中にインターホンが鳴り響いた。

「いらっしゃいませ」と額の汗を手のひらで拭いながら店へ出ていくと、客ではなく宅配便の配達員だった。

「お届け物です。こちら雨森《あめのもり》さんのお宅でしょうか？」健康的で明るい声。

「はい」答えながら、本当に客が来ない、と不安になる。

「こちらにお住いの花之枝芙美さん、でお間違いないでしょうか」

「はい」和子おばさんからだろうか。僕はレジの横のペン立てからボールペンを手に取り、受け取りの伝票にサインをすると、いつもとは違ってかわいらしい花柄の箱を受け取った。

品名のところには「大事な手紙」と殴り書きがしてある。差出人の欄には「冬馬」と書いてあった。冬の馬と書いて、フユマ、或いはトウマだろうか。下の名前を見るに、男性である。

ほんの一瞬だけ、おばさんからの荷物だと思い込んで、うっかり開けてしまったという言い訳が頭に浮かんだが、すぐに忘れた。おばさんは、こんな奇妙な花柄の箱で何かを送ってきたりはしない。それに、箱を開けたら、きっと封筒が出てくる。その封はさすがに開けられない。

とても気になったけれど、小上がりのちゃぶ台の上に置いて、枇杷の剪定作業に戻ろうとした、そのときだった。

色の白い、のっぺりとした顔の男が、水色のワイシャツを着て店の外に立っているのが見えた。男は苦しげな顔をしており、僕と目が合うと首だけをかくんと動かして会釈をした。

「トウマ？」まさかと思いつつ、口の中でつぶやく。

男は、その日、三人目の客だった。とても背が高く、手も脚もにょきにょきと細長い。眉がぼんやりと薄いせいか、目が小さいせいか、常にかすかに笑っているように見える。

「髭剃《ひげそ》りをお願いします」思いのほか、高く響く声。

僕は彼を椅子に座らせると、慌てて二階へ上がり、汗と土埃《つちぼこり》にまみれたシャツを着替えた。それから水で顔を洗い、店に戻ると「お待たせしました」と鏡越しに笑って見せた。

男は始終、喋らず、ときどき目を閉じてじっとしていた。髭剃りが終わると、「やはり、散髪もお願いします」とまた微笑んだ。

「あの、たまたまこちらにいらしたんですか？」店先にいた彼を見たとき、ふと通りかかったようには見えなかった。

既に短い髪の、襟足をほんの少しずつそろえていく。

「いいえ。実は、伺ってみたかったんです。客でもない限り、芙美さんは訪問を許してはくださらないだろうと思ったものですから」

持って回った話し方をする男の口から出た芙美の名にどきりとしたが、手は止めなかった。動揺していることを感づかれたくなかった。

「あなた、もしかしてトウマさんですか？」

「いいえ、私は白石《しらいし》と言います。図書館に勤めておりまして、芙美さんとはいつもお話させていただいています」

「芙美さんとお話」僕は小さく繰り返した。

「この美容室のことや従兄の小夏さんのことを聞いて、見てみたいと思ったのですが、なにせここは芙美さんの大切なテリトリーですから」

「テリトリーって、動物じゃあるまいし。いつも話すほど仲が良いなら、芙美だっていやがらないでしょう」僕は苦笑しながら、白石の耳たぶの裏側に、盛り上がった大きな黒子《ほくろ》がひとつあるのを見た。

「いえ。僕は芙美さんに疎まれていますから」白石はいっそさっぱりと言った。

僕は細かく鋏を動かしながら、「疎まれる？」と再び繰り返した。そんな言葉を日常的に口にすることはほとんどない。嫌われている、ではいけないのだろうか。

白石は首が長く、毛質は硬かった。これで伸ばしたら手入れが厄介だろうとすぐにわかる。髭は薄く、年齢は不詳だ。二百歳だと言われたら、それもありうると納得するしかないような、得体の知れない気味の悪さがある。

「疎まれるようなことをしたんですか」尋ねる言い方はできなかった。まるで独り言のように、ぼそりと言って、鏡越しにその小さな目を見る。

「しませんよ。でも、そういうことを考えているのが芙美さんにはわかってしまうようです」

あまり悲しげには見えない。淡々としていて、感情を表に出さない、かさかさしたかんじが、芙美に再会した梅雨のあの日を思い出させた。湿っていて暗く、蒸し暑いのにうすら寒く感じたあの日。

疎まれるような考えごととは、僕が芙美とキスをしかけた夜に夢に見たようなことだろうか。この男は、僕に何を伝えたいのか。あわよくば芙美に会えればと考えてやってきただけだろうか。芙美にとって、実際、疎ましい男なのか。

「どうも、丁寧にやってくださってありがとうございました。思った通りの素敵なお店でした」

白石が立ち上がると、僕は彼をぐっと見上げなければならない。

「いえ。またどうぞ」僕は思ってもいないことを言った。

「あなたは、背丈が芙美さんと同じくらいなんですね」白石は僕を見下ろし、妙にうれしそうに言った。僕は、そのことをうれしいと思ったことは一度もない。「芙美さんによろしくお伝えください」

このような時間を過ごした後、僕が彼のことを、芙美に良い風に話すと思うのだろうか。

白石は店の前まで出ると、また首だけをかくんとするお辞儀をして去って行った。凶暴性のない蟷螂《かまきり》のような男だ。

枇杷の木は、切り落とした分だけ片付けて、残りは持ち越しにした。

夕方、アムールに帰ってきた芙美に、白石のことを話す気にはなれなかった。

「アムール。愛ですか。いいなまえですよね」白石はそう言い残していった。僕にはそれは捨て台詞《ぜりふ》のように聞こえた。

僕は芙美の従兄だから芙美に慕われているし、一緒にいることができる。芙美のことを好きでもうまくいかないよその男からすれば、僕こそ「疎ましい」存在だろう。ましてや僕は美容師だから、芙美の髪や肌に自然なかたちで触れることができる。下着の色も知っているし、食べ物の好みにだって、少しずつ詳しくなる。でも、それと、僕と芙美の気持ちが通い合うかどうかというのは別の話だ。

芙美はちゃぶ台の上の花柄の小包を見つけてから、両手でそれを大事そうに抱えると、背を向けて動かなくなってしまった。

「芙美」夕食はどうするかと尋ねるはずだった。「芙美は、好きな男とかいないの?」

芙美は勢いよく振り返り、目を見開いた。小包を守るように抱え直す。真っ直《まっす》ぐだった眉がぐにゃりと歪《ゆが》み、口元もへの字に曲がっていく。

「芙美?」

「見たの?」恐ろしく険のある言い方だった。

「何を?」僕はそろそろと畳に上がり、芙美に近づいた。「その小包のこと?」

芙美は再び、僕に背を向けた。

「冬の馬って書いて、何て読むの」

「トウマ」

「その人、芙美がここにいるって知ってるんだね。住所、間違えないで書いてあった」

「私は教えてない。変な人なの。知らないうちに、私のことはなんでも知ってる」

声の調子から、芙美がその男に何らかの特別な感情を抱いていることはすぐにわかった。僕がこっそり中を見て、大事な手紙を読んだと思ったのだろうか。包み紙には少しの乱れもないのに。

「夜、何食べる？」白石のことは、やはり言わないでおこうと思った。今、わざわざ芙美の気持ちを余計にざわつかせる必要もないだろう。あの男が、すぐに何か具体的な行動を起こすとも考えにくい。芙美に疎まれるようなことは、きっとずっと、考えるだけなのだろう。だからこその捨て台詞だ。

「ごめんね、変なこと疑って」芙美はささやくように言った。伏せた睫毛が黄色いあかりに反射してわずかに光っている。「ちょっと、動揺しちゃって」

「いいよ」僕にこれ以上、追及する権利はない。いつだってそうだ。「それより、夜飯」

芙美と冬の馬のあいだのことが彼女の今の状態に何らかの関係があるとしたら、それは知りたいことではあるが、僕自身、その気持ちが、単に興味本位なのか本気で芙美を救ってやりたいのかわからないから、半端なことはできない。

冬馬に蟷螂。ここへきて男の影がちらついたと思ったら、正体不明で気味の悪い、実在するのかしないのかわからないような奇妙な人物ばかりだ。だから、芙美も影響されて妖怪じみてしまったのだろうか。

そのメールの文面を読んでも、はじめはピンとこなかった。

『ごはん、いつ食べる？』

青山の美容院で同僚だった秋房すみれは、あの場所に何の違和感もなく溶け込み、楽しく働ける人間だった。ただ、外側の明るさや見た目の割に落ち着いて周囲の人間をよく見て考えているところが僕には合ったのか、青山にいたころは、比較的、仲の良いほうだった。

『ごはん、食べるんだっけ？』僕は正直にそう返した。

『やっぱり忘れてた。誕生日にメールしたでしょ！』笑顔の絵文字のついたメール。芙美は絵文字も顔文字も一切、使わないので、なんだか懐かしく、明るく思える。

「そうだっけ」僕はひとりごち、メールを誕生日まで遡《さかのぼ》った。

『誕生日おめでとう！　今年でいくつだっけ？　大人だねー。同い年だけど。今度、久しぶりにごはんでも食べよう』

蠟燭《ろうそく》を立てたケーキや食器の絵文字が踊っている。そういえば、僕は「じゃあ近いうち」と返したのだった。そしてその翌日、アムールに芙美がやってきた。オレンジゼリーの入ったケーキ屋の箱を持って、ひどく傷んだ髪をして。

「芙美」僕は小上がりで映画を観ている芙美に呼びかけた。

「うん？」芙美は一時停止のボタンを押して、わずかに首をこちらに向けた。

「あのさ、今度、僕が前に働いてた店の子とごはん食べるんだけど、来ない？　いつがいい？」

「それ、女の子？」芙美は少しだけ笑った。「もしそうなら、私行かないほうがいいでしょ」

「いやいや、そういう関係じゃないし、今うちに従妹がいるって言ったら、きっと一緒にどうかってことになるよ」実際、秋房とふたりきりでいて、そういう雰囲気になったことは一度もない。魅力を感じないわけではないけれど、それでも、そうはならずにきた相手だ。

「うーん」芙美は眉をひそめ、僕を睨《にら》んだ。

「いやならいいけど」そう言うしかなかった。

クリーム色に染めて前髪を厚めに作ったセミロングは、毛先をふわふわと巻いてある。つけまつげとコバルトブルーのアイラインで目元を強調したメイク。肌が白く、ちらちらと光って見える。白い襟のブラウスはボリュームのあるパフスリーブで、花の刺繍が施されている。淡いオレンジ色の短いチュールスカート。グレーにラメ入りのリブのハイソックスに、いつも履いている茶色いくたっとした革のショートブーツ。

「それで、ひとりで行けって言われたんだ」秋房はくすくす笑いながらビールジョッキを傾けている。以前と変わらない香水のにおい。「おもしろいね」

「おもしろいというか、僕とちょっと似てるようで全然違うんだよね。ぼーっとしてると思ってると急に鋭いこと言ったり、前はきれいなＯＬさんってかんじだったし、まさかこんな人だとは思ってなかったから。驚きっぱなし」僕はだし巻き卵を食べながら、僕のかつていた世界の女性を眺めた。

「でも、なんだか楽しそう」秋房は言った。「お母さんが亡くなって実家のお店ひとりでやるって、けっこうみんな心配してたんだよ。小夏くん、あのときはやっぱりすごく落ち込んでたし」

「まあね。でも、結局今ひとりじゃないし、ほら、うちの美容室は店同士スタイリスト同士の競争とかとちょっと外れたところにいるから。気持ちは前より楽だよ」

「そっか。良かった。いとこ同士だと一緒に住んでてもそういうことではないんだ」秋房はいたずらっぽく笑った。

「そういうこと？」尋ねつつも、アルコールの入った頭の中にはすぐにあの夜のことが浮かんだ。もう、あと数センチで唇が触れていた。そうしたら、芙美はどうしただろう。僕は、どう動いただろう。

あまり、考えないほうがいいことだ。

「あれ、もしかしてなんかあったの？」秋房が身をかがめ、僕の顔を少し下から覗き込む。

「ないよ」無理に説得力を持たせようとして出した低い声。

「わかりやすい」秋房の長い睫毛が、店の橙《だいだい》の灯《あか》りを反射して人工的に光る。「好きなの？　その従妹さんのこと」

「好きじゃないよ」自分でも驚くほど力のない声が出た。自問自答するのは簡単だけれど、他人に率直に訊ねられるとぎょっとする。「従妹だよ？　一応、おじさんおばさんからお預かりしてる立場だし」

「それならいいんだけど」秋房は椅子の背から体を起こし、背筋を伸ばしてメニューを手に取った。いつの間にか彼女のジョッキは空になっていた。「ほら、もしそういうかんじだと、気軽に遊びに行けないじゃない？」

「遊びに来るの？」芙美やアムールやあの周囲の安穏としていて気怠い中に秋房がいるところがまったく想像できなかった。秋房はそのくらい、僕とは違う現実に生きている気がする。

「行くよ」当たり前のように言い、秋房は店員を呼んだ。ビールの中ジョッキのおかわりと、蛸《たこ》のから揚げと漬け物の盛り合わせとチーズを揚げたものと刺身をいくつか。

僕は慌てて、中ジョッキをもうひとつ、と店員に告げた。秋房は、芙美とは違ってよく食べる。

僕は、冬馬からの手紙に何が書いてあったのか、芙美に聞けなかった。僕は何も知らないのだから、気軽な調子で尋ねたっていいはずだったのだけれど、うまくいかなかった。

冬馬が、芙美の単なる友人である可能性だって多分にある。白石のように、なんとなく芙美を気にしているから、芙美もあまり口に出さないという間柄なのかもしれない。でも、僕はなぜ、それを余計に意識するのか。あの小包の中身がなんでも、手紙がどんな内容であっても、僕の生活には関わりないはずだ。

芙美のことは好きじゃないよ。そう答えたら、秋房は笑っていたが、横目でちらりと僕を見たその瞳が、一瞬だけ鋭く光った。

従妹だから好きではないというのは、きちんとした理由にはなっていない。明生おじさんや和子おばさんから預かっているというようなことも、ひとつの感情を洗って取り出す際には落ちて流れて行ってしまう事情にすぎない。でも、僕たちはもう、事情を気にすべき年齢でもある。

「法律上は問題ないんですよ。ご存知でしたか？」白石は細い目を一層、細めて、鏡越しに僕を見た。

「何がですか？」蟷螂の微笑みにつられて口の端を持ち上げるが、歪んでしまう。

白石は、ときどき髭を剃りにやってくる。あまりお喋りな客ではないけれど、いきなり壊れたスピーカーみたいに延々と芙美のことを話すことがある。それも、どこが魅力だということではなく、芙美が借りた本のタイトルからその作者の作家性や影響のある他作品の話になったり、芙美のデニムのスカートからデニム全般についての歴史の話になったりする。そして、こうして思い出したように僕をつついてくるのだ。

「いとこ同士のあれこれですよ」白石は色白だし、服装も地味で短い黒髪をいつも適当に撫でつけており、柔和そうな小さめの声をしているが、決して優しい男ではないと思う。少なくとも、僕には優しくない。

「それは、知ってますけど」例えばいとこ同士の婚姻が今の日本の法律の上では可能であるというのは、知識としてあらかじめ知っていただけで、芙美とは関係がない。

「そうですか、知っているんですか」白石は少しだけつんとして見せ、再び黙った。

知っているとどうなのだ、と思いはしたが、墓穴を掘る気がして言わなかった。その時点で、僕はもうほとんど自覚していた。そして、自覚を持ったところで何がどうなるというのかという点まで、考えは及んでいた。いとこ同士であれこれ、するのか。

無自覚だったあの夜に、勢いでキスくらいしておけばよかった。それで芙美がすぐにアムールを出ることになれば、もしかしたらそのほうが、僕にも芙美にも良かったのかもしれない。

「いらっしゃいませ」ドアが開けられたので、反射的にそう言って振り向いた。

「ただいま」芙美はひどく赤い顔をして、息を切らしていた。

「おかえり。バイトは？」

今までに一度も見たことのない速さと動作で、白石が椅子ごと振り返って芙美を見た。

「なんだかふらふらするから帰ってきたの」芙美はぼんやりと立ったまま、確かにかすかに身体が揺れているようだった。しかし、白石の姿を見つけると目を見開いた。「白石さん、何してるの？」

「お久しぶりです、芙美さん。僕は髭剃りをお願いしにときどきお邪魔しているんです。それより、体調が悪いんですか？　どんな風に？」

「いつからアムールに来てるの？」芙美の顔が曇り、視線は僕に向けられた。

「いつだったかな。最近ですよね、小夏さん」白石の小さな目がきょろりと僕を見る。

「小夏くんは、この人が白石さんだってこと知ってるんだ。私の話もしてるの？」芙美は肩で息をしながら僕を睨んだ。「どうして言わないの？」

「小夏さんは悪くないんですよ。僕が勝手にお話したんですから」

「あなたは関係ない」芙美がぴしゃりと言うと、白石は話すどころか、身動きさえとることをやめた。

「芙美、僕は白石さんが、その、芙美を気にしてるっていう話は聞いたけどそれだけだし、客として来てもらって断る理由はないというか」大きな剃刀《かみそり》を持った手に、じわりと汗が滲んできた。

「いや、何も思わなかったわけじゃない。けど、悪い人じゃなさそうだし、話すタイミングがなかったというか、なんて言っていいかわからなかったというか」

芙美の両目がみるみる赤く潤《うる》んでいく。

「悪気はなかった。そんなに嫌がるとは思わなかったから」白石には悪いけれど、つまりはそういうことだろう。

「疎まれている、と言ったじゃないですか」白石は静かに言った。

「口を挟まないで！」芙美は少し目を伏せて、薄く開けた唇を震わせ、深く息をしている。

「芙美、調子悪いんだろ？　立ってて大丈夫なのか？」僕は剃刀を置き、手近なタオルで両手を拭った。

「近寄らないで」芙美はふらりとレジ台に寄りかかった。「白石さんがきて、小夏くんはどう思ったの」

「それは」僕は口ごもった。

「私、小夏くんのことものすごく信用してた」

それは気付きのことばなのか、それとも、信用が過去のものとなったという意味なのか、僕は戸惑った。

「芙美、落ち着けよ。あとでゆっくり話そう。とにかく上がって休めよ。布団敷くから」

「目が痛い」突如、芙美の両目から、ぼろぼろと大粒の涙が流れだした。

「え？　目が、痛いの？」背筋がぞくりとした。「見せて。目見せて」

「いや！　あっち行って！　触らないで！」芙美は左手で目元をおさえ、右手で僕を払いのけながら二階への階段へ向かったが、熱が出ているのかひどくよろけて、白石の腰かけている隣の椅子にぶつかった。

「芙美！　危ないよ！」僕は腕を伸ばし、芙美のシャツの裾《すそ》を摑んだ。

「いやだ、離してよチビ！」

芙美の右手の甲が、僕の右の頬に軽くぶつかった。その拍子に芙美は店の床に倒れ込み、僕は細い指先がしなった鞭《むち》のような痛みにうずくまり、頬を押さえた。

「いってえ。芙美、大丈夫か？」

「どうしたの？」ドアベルとともに入ってきた秋房すみれは、店の中を呆然と見渡すと、「小夏くん、私帰ろうか？」と付け足した。

「今日はお仕事はお休みなんですか？　ああ、お近くだからチラッと寄って！　いいですね、そういうの」秋房が白石に話しかけている明るい声が聞こえる。白石は今、何を考えているだろうか。

僕は、とにかく小上がりに寝かせた芙美に枕とタオルケットを持ってきて、とりあえずの寝床を整えた。

「じゃあ、続き、きれいにやりますね。腕は確かですから」秋房は、詳細はともかく、理容師免許はあるからと、仕事を代わってくれた。だから、白石を任せてしまった。

ウエストにゴムでシャーリングが寄せてある、軽やかな素材の、胸元でリボンを結ぶ花柄のミニワンピース。フリルのついた白いソックス。茶色いショートブーツ。嗅《か》ぎなれた香水のにおいがこのアムールに漂うことが、とても奇妙に感じられる。

「でもお客さん、髭薄いですよね。肌、白いしきれいですね。何かお手入れしてるんですか？」明るくよく通る甲高い声。差し障りのない会話。

少し横を向いて寝そべり、枕に顔を擦り付けるようにしている芙美の両目からは、いまだ、とめどなく涙が流れている。

「目、まだ痛い？　体温計見当たらないんだ。後で買ってくるから食べたいものあったら言って」

芙美は答えずに、ちらりと僕を見た。しかし、顔の向きが変わったというだけで、瞳はたくさんの水気を含んでかすかに震えているようで、その視線がどこに向いているのか、見ていてもよくわからない。

「チビって言ってごめんなさい」小さな声だった。

「いいよ。いろいろびっくりして、怒りそびれたよ」思わず苦笑する。「白石さんは、どういう人なの？　芙美、なんでそんなにあの人嫌いなの？　しつこくされてるとかなら、もう来てもらわないようにするよ」

今、尋ねるべきことではないのかもしれない。でも、仮に「疎ましく」思っているからといって、あんなに怒るなんて、体調の悪さに苛立っていたにしろ、あまりあることではないだろう。

「今、話さなくてもいいけど」自分が切り出した話なのに、予防線を張ってしまう。こんな風に、不要な器用さや苦笑いが板についてどのくらいになるだろう。僕はもう、死ぬまでこういうことを繰り返すのだろうか。

「だって、『身代わり』でいいって言うから」ぼそりと短く、かろうじて聞き取れるだけの、さっきよりさらに小さな声。

「え？」僕は目を丸くした。本当に驚いたし、胸が痛くもあった。

「誰の代わりでもいいから一緒にいたいって言うんだもん」話すうちに涙声になり、芙美の顔は歪んだ。「二番目でいいとか、そばにいられればいいとか、本当に好きじゃなくてもいいとか、頭に来るの。あんな人、私には必要ない」

白石は気持ち悪いけれど、少なくとも僕より勇敢だ。傷つかないように立ち回ろうとはしていないし、苦笑いもしないだろう。誰かの代わりでかまわないから好きな人と一緒にいたいだなんて、それが正しいことかどうかはさておき、僕には決して言えない。

「わかったから泣くなよ。白石さんに聞こえるよ」僕の声は自分で思うよりうんと沈んでいた。そろそろと右手を伸ばし、芙美の額や頬や首筋に貼りついた黒髪を指先で払い、目尻《めじり》から溢《あふ》れ出る涙を拭う。

「いいの」

関係ない。黙ってて、頭に来る。あんなやつ。

僕は芙美の中に入ろうとしていない。正面から向き合うのは怖い。だから、正直な気持ちをぶつけられることもない。せいぜい「チビ」と言われる程度で、それは僕の見た目に対する感想でしかない。

僕たちの距離は、実はそれほど縮まっていないのかもしれない。

白石は、今は拒絶されていても、一途な態度を変えなければ、いつか芙美の世界に足を踏み入れるだろう。芙美にとってのどんな立場になるかはわからないけれど、芙美のある種の真実を知るだろう。そうして、僕はチビの従兄のままだ。

僕は芙美の何になりたいのか。

「小夏くん、お客様、終わったよ」ふと顔を出した秋房は、芙美の様子を見て「大丈夫？」と声を大きくした。

「今行くから」涙を流しながらゆっくりと目を閉じていく芙美を見ながら、僕はそろそろと立ち上がった。

「救急車とか呼ばなくていいの？」

「熱だけあとで測ってみる。大丈夫だとは思うけど、明日はバイト休んで病院だな」

「あのお客さん、白石さん、だっけ？　なんかすごい落ち込んでるけど」秋房の軽く揺れる明るい色の髪と、ピッと跳ね上がったアイライン。

「ああ、ちょっとね。遊びに来てくれたのにごめん。とにかく送り出してくる。悪いけどここで待ってて」スニーカーに無理矢理に足をねじ込む。

「いいよ、いきなり来ちゃったのはこっちだし。役に立って良かった」秋房はブーツを脱がずに、小上がりの隅に腰かけて芙美を見た。「寝てるのかな。涙、すごいね」

僕が店先に出ていくと、白石は鏡越しに目を合わせ、少しだけ笑った。

「今日は本当に申し訳ありませんでした」深く頭を下げる。

「芙美さんに見つかったら、怒られることはわかっていましたから。むしろあなたにまでとばっちりを食わせてしまって、こちらこそすみませんでした」

なんだか、僕こそがこの件について、蚊帳《かや》の外であるかのような言い方だと思ったけれど、それは僕の邪推かもしれない。確かにとばっちりだ。

「また、いや、もうこっそり伺ったりはせず、ちゃんと芙美さんを訪ねて、追い返されるようにします」ケープを外すと、白石はにょっきりと立ち上がった。「芙美さん、くれぐれもお大事になさってください」

真っ白い面長の顔に、微笑んで細くなった小さな目と、さらりと線を引いたような鼻と口が、僕を見下ろしている。

「はい」それ以外に、どう返事ができただろう。

僕がいないところで、白石が芙美に何度、振られようと、それは彼らの問題なのだ。僕は芙美の兄でもなければ、保護者でも、ましてや恋人でもない。

蟷螂は静かに、小さな図書館へ帰って行った。

やっと涙が枯れた様子の芙美は、そのまま眠ってしまった。秋房はその傍らで、芙美の寝顔を覗き込んでいる。

芙美と秋房が狭い空間に一緒にいるのを見るのは、正直、落ち着かない。

「やっぱり、小夏くんにちょっと似てるね」秋房は静かな調子で言った。「あと、そこの遺影。小夏くんのお母さんだよね。お母さんにも似てる」

「そうなんだよね。うちの母親はうるさいくらい明るい人でさ、芙美はけっこう地味なのに、やっぱりどことなく似てるから不思議だよね」しばらく使っていなかった盆を出して、そこにアイスコーヒーを入れたグラスを二つ並べて畳に置く。

「お疲れ様。どうぞ」

「ありがとう。いただきます」汗を掻いたグラスを持ち上げ、秋房はぐいぐいとそれを飲んだ。首がしっかりと動くかんじや、それに合わせて鎖骨のあたりで揺れるネックレスが、とても健康的に見える。

実際、芙美と比べると、秋房はとても健康だ。

「芙美、今はこんなだけど、ちょっと前までけっこう小ぎれいなOLだったんだよ。髪も染めて、メイクもネイルもばっちりでさ、洋服もエレガントっぽくて」僕は自分もアイスコーヒーを啜りながら言った。「それが案外似合ってたんだ。だから最近も、ちょっとくらい気遣ったらって言ってはいるんだけどね」

「そうなの？　全然見えないね。なんか、なんというか」秋房はかすかに首を捻った。

「子供じみてるだろ。夏休みの子供」僕は苦笑した。

「うん」秋房は息をつき、グラスを置いた。

「コンビニでバイトなんかしてると、ますます休み中の高校生っぽいんだよな。飲み会のときメイクしてやったら一気に大人に戻って、びっくりした」そう言えば、アフロ店長に早めに連絡しなければならない。まずは内科に行くとして、目が痛いというのなら眼科も回ったほうがいいだろう。大きな病院は苦手だけれど、仕方がない。

「妹ができたみたい？」秋房が不意に尋ねた。

僕は何か言おうとひゅっと息を吸い込んだが、すぐには言葉が紡げなかった。

「妹、ってかんじでも、ないかな」アフロ店長にお兄さんと間違えられてもなんともなかった。そのまま「兄」として扱われることに違和感がなかった。あの時点では確かにそうだった。では、今はどうだろう。妹でなく従妹。

従妹のことを、僕は、どのような目で見ているのか。

「私今日、けっこう意気込んできたんだけど、久しぶりの髭剃りでドキドキして、エネルギー出し切っちゃったな」秋房は顔のすぐ横の毛を指で摘み、するすると撫でた。

「意気込んで？」

「うん、でもいいの。よくわかったから」秋房は立ち上がり、食器棚の上の母の遺影に向かって手を合わせた。

「何が、わかったの？」

冷たいグラスを持って座り込んだ僕は、手を合わせて目を閉じ、じっとしている秋房の横顔を見上げた。淡い色の髪のあいだから、大ぶりなピアスが見え隠れしている。

「本当に聞きたい？　たぶん、小夏くんは知りたくないことだよ」秋房はおどけて見せた。「衝撃の真実」

ジャーナリストみたいなせりふだと思った。それから、聞かないでおこうと思った。

「そんな大げさなことはないだろ。なんでも本当のことがわかればいいってものでもないし」例えば僕が、本当は芙美のことを女性として見て、何らかの思いを抱きはじめていたとしても、それがはっきりすることが、必ずしも良いことではないのだ。

僕の気付かないふりを、白石も秋房も、やたら熱心に邪魔をするのはなぜだろう。放っておけば、何も起こらなくて済むのに。

「そうだけど、はっきりしないまま長い時間経つと、本心に向き合うタイミングがなくなっちゃうでしょ。それもけっこう苦しいと思うけど」

エアコンがついているのに、僕は急に、背中にじわりと汗を掻いた。眠っている芙美の身体の存在感が増して、僕たちの会話を眠りながらも聞いているような気がした。

「芙美さん、昔はきれいなOL風だったか知らないけど、今はどう見ても私のほうががんばってるし、どんな顔してるのかなと思ってたけど、顔見て挨拶《あいさつ》どころかいきなり倒れちゃうし、私のほうが胸も大きいし。ちょっと拍子抜けした」秋房は思い切り冗談めかして言った。

「言いすぎだろ」秋房はいくらでも並べ立てそうな調子だった。そりゃあ、芙美と秋房をごく客観的に比べたら、秋房が女性としてどのくらい優れているかはよくわかる。でも、そういう問題ではない。

　しばらくすると、飛び込みの客が来た。秋房は少しのあいだ芙美のことを見ていてくれた後、じゃあそろそろ、と言って微笑むと、あっさりと帰って行った。

「今日は本当にありがとう。悪かったな、手伝わせて。今度、奢《おご》る」

「うん、奢ってもらう」秋房は明快な顔をしていた。何も思い悩むことはないような、明るくきれいな表情で笑いながら手を振った。

　白い看板に浮き立つように張り付けられたワインレッドの「アムール」というくねくねした文字が、いつになく、何とも言えず安っぽく見えた。なぜ、フランス語なのか。なぜ、「愛」などという壮大な名前を、小さな町の隅っこの美容室につけてしまったのか。

「愛ってなんなんだよ」ひとりごち、コンバースの少し汚れた足先を見た。

4

二階の奥の部屋、布団を敷いて眠る芙美の枕元には、件の小包が、箱ときれいに畳んだ包装紙とに分けて置いてあった。それから、総合病院の内科と眼科で出された解熱剤や頭痛薬、眼精疲労用の目薬。古くて黄ばんだ縦ストライプのカーテンが、生ぬるい風に揺れている。

「和子おばさんに連絡しておくよ」僕はベランダでタオルやシャツを干しながら言った。

「うん」芙美は力なく答えた。「でも、熱で動けないから帰れないよ」

「帰れとは言ってないよ。念のため。おばさんたちだって心配してるんだから」洗濯かごの中から、芙美の下着を当たり前のように手に取る。どれも派手すぎず、柔らかい色でレースがあしらってある。

女性の下着を目の前で見るのも、触れることもはじめてではないけれど、こんな風に手に取ってまじまじと見たり、洗濯したりするのは母のもの以来だ。母のものは、いつだって、少し暗いベージュだった。外側の派手さとはかけ離れた、質実剛健で質素で、遊び心や色気とは無縁の、大作りでがっちりとした下着。

世の母親は皆、茶色がかったベージュの、そういう下着をつけているのだろうか。例えば、和子おばさんも。女たちは皆、母親になった途端、そうなるのだろうか。

「小夏くん髪やって。寝てると暑くて邪魔だから、みつあみにしてほしい」

「わかった。ちょっと待ってて」僕は空の洗濯かごを手に、ベランダから自分の部屋に入った。

額や鼻先、頬の高い場所に強い日差しが当たってひりひりする。

敷布団の上で背を丸め、脚をMの字に曲げて座った芙美は、近くのスーパーで買った、ぼやけたようなケーキのイラストが模様になっているピンク色の半袖パジャマを着ている。パジャマはくたっとして柔らかそうなガーゼでできている。

「くさくない？　昨日、お風呂入れなかったから」長い髪まで少し熱いようで、触ると幼い子供のそれのようにつるつるしている。

「くさくないよ」大きなブラシで髪を梳かし、大きく二つに分ける。「やっぱりパーマもカラーもしてない髪は健康だなあ」

芙美は僕の手の動きに合わせて頭をかすかに揺らしながら、とてもおとなしくしていた。

「目はどう？　あれから、痛くない？」気軽に尋ねたつもりだった。

「小夏くん、どうしていつも私の目を見るの？　お父さんが来て喧嘩したときも、コンビニの歓迎会に行く支度してたときも」掠れた声はいつもより少し低くて、おずおずとした聞き方だったけれど強い意志が感じられた。

手つきに動揺が現れないように気を付けながら、ゆるめの三つ編みを二本、作っていく。

「そんなに、見てた？」間をおかず、「見てたよ」と返ってくる。

「覗き込んでじーっと見てた。私の目、どうにかなってたんじゃない？　何か見えたんじゃない？　普通じゃない、何か」

「何かってなんだよ。ほら、できた。あっという間」華奢《きゃしゃ》な背中を両手でぽんと叩き、手鏡を渡す。

「ありがとう」鏡を見る芙美の表情は、少しだけ沈んでいた。

芙美が「目が痛い」と言い出したとき、やはりあの、瞳の奥に見えたゆらめきや光や、ああいうものが関係しているのかと考えた。でも、眼科医の診断は単純な疲れ目だった。確かに芙美は毎日、ＤＶＤを何本も観て、合間に読書をしている。和子おばさんに電話をしてまで芙美の目の健康について尋ねたけれど、その結果がこれなのだ。問題は何もなかった。

明生おじさんや僕が見たものがなんだったのかはわからないけれど、芙美の目は病気ではない。おかしなことはない。

おさげの芙美はちらりと僕を見ると、のそのそと枕元へ行き、冬馬から届いた紙製の箱の蓋《ふた》を開けた。どうやら箱の中も花柄で、中には生成りの和紙の封筒がぺらりと入っている。芙美は再び僕に向き直り、それから、その封筒を手に持ち、ぐいと差し出した。

「花之枝芙美様」ときれいな藍色のインクで大きく書かれた封筒は、右側をきれいに鋏で切って開いてある。

「中、見ていいの？」

芙美は静かに頷《うなず》いた。睫毛だけ、動かずにずっと僕のほうを向いている。

僕は自分のものでないかのようにかさかさして強張った指先で、そろそろと便箋《びんせん》を取り出した。

中身は一枚きりだった。

急に耳が塞《ふさ》がったようになって、自分の呼吸の音が頭の中に大きく響きはじめる。

僕は躊躇《ためら》わず、三つに畳まれた便箋を開き、並んだ文字を目で追いはじめた。


芙美へ。僕は今、三年ぶりに日本に戻っています。本当は連絡するつもりはなかったのだけど、とても大事なことを知らせたいので、手紙を書きます。

端的に言うと、できればすぐに、日本を離れてください。僕が生活し、あることについて調査研究しているウクライナで起きている事案と同じような問題が、日本でも起きています。はっきりとどこへ行き、どうしていれば安全だと言うことはまだわかりませんが、あらゆる可能性を鑑《かんが》みて、とにかく日本を離れることと、鏡を見て、目に異常がないか確認することを習慣づけてください。そして、おかしな様子が見られたらすぐ、僕に連絡してください。

僕はどうしても芙美を助けたい。

これ以上、詳しいことをここに書くことはできません。いつか、この件が解明されたら、インターネットやテレビにも情報が出回るでしょう。でも、それでは遅いのです。芙美は僕の言葉を信じ、従ってくれると願っています。冬馬。


走り書きのようだったけれど、それでも読みやすく繊細な、美しい字だった。

耳の奥でうるさいほど聞こえていた呼吸の音がしんと静かになった。ごくりとつばを飲みくだした喉が、がくんと動くのがわかる。

「冬馬って男は、何者なんだ？　芙美のなんなんだ？」目に異常だとか、おかしな様子だとか、書いてあるのはなぜだ。

「私が聞いてるの。目のこと」

畳に座り込んだまま、手紙に視線を落としている僕の視界に入ろうと、芙美が布団の上をずるずると動き、胡坐《あぐら》を搔いた僕の足先まで膝を近づけてきた。

「目、見て。私の目」

「こいつは学者なの？」

「生き物のことを調べてるの。嘘を言う人じゃない」

嘘を言う人じゃない。最後のたったひとことの言い方で、詳細な説明など必要なくなった。冬馬は芙美の特別な男だ。いざ、そうだとわかると、自分の中で萌《も》えはじめていた芙美への気持ちが急にはっきりと輪郭を持ち、色づいてくる。そして、それが辛《つら》くなる。

「顔を上げて、私の目を見て」

僕は頑《かたく》なに顔を上げなかった。万年筆による、慣れた風な気取った手紙。三年前から互いに見知っていたらしい、冬馬と芙美。

すぐに日本を離れろと言う現実味のない警告と、それを発信している冬馬という謎《なぞ》の男と芙美のあいだにある、生々しい何か。ぼんやりと見える絆《きずな》のようなものが、癇《かん》に障る。

「見てどうするんだよ。芙美の目がおかしく見えたら、どうする？　この手紙の通り、日本を出るのか？　それで、どこ行くんだよ」

芙美は答えなかった。冬馬に従って、実家にパスポートを取りに戻り、日本を出ていくつもりなのだと思った。我が家に来たときと同じように、着の身着のままで、水玉のキャリーバッグを転がして。

「僕が見てたのは芙美の目じゃない」勢いよく顔を上げた僕と目を合わせ、おさげの芙美は不安げに両眉を下げた。「目じゃなくて、芙美を見てた」

「嘘」

「嘘じゃないよ」半分は嘘だった。僕が芙美への気持ちに気付き、それを自覚して受け入れたのは、本当にごく最近のことだ。それに、僕は芙美を見ながら、やはりその眼球を観察していた。眼球そのものが透けていくさま、目の奥に揺らめいて見える帯。目が痛いと訴えたときの、水をたっぷりと含んで膨らんで震える様子。でも、眼科医は目に異常はないと言ったのだ。ちょっと、疲れているだけだろうと。

冬馬の手紙、その小ぎれいな佇《たたず》まいの封筒を目にしたあたりから、僕は冷静ではなかった。芙美への気持ちが唐突に強く感じられ、彼がどんなに正しいことを書いてよこしていたとしても、憎らしさが勝っていた。それに何より、冬馬をよく知っていて、信用に足ると考えている芙美に腹が立って仕方がなかった。くだらない、子供じみた嫉妬心《しっとしん》に飲み込まれそうだったのだ。

「小夏くん」低く冷静な芙美の声が、なぜか天井に跳ね返って後頭部に降ってくる。「何するの」

僕は芙美を布団の上に組み敷いていた。そんなに強い力で押し倒したつもりはなかったけれど、気が付いたらそうなっていた。

「目を見るんだろ」自分が、芙美から見たら怖い顔をしているとわかる。怒ってなどいないのに、眉間に寄った皺が元に戻らない。

芙美の目は赤く充血していた。涙が滲み、零《こぼ》れ落ちそうだ。僕のせいで。僕の影響によって。少なくとも今は、冬馬は関係ない。僕と芙美の肉体のあいだに、冬馬の入る余地はない。

「見せろよ」

芙美が変わったのは冬馬のせいだろう。冬馬に恋をしたからか、或いは、それを失ったから。芙美は普通のＯＬであることを捨てた。僕はそこに、もっとすごい秘密があるのではないかと思っていた。もっともっと、悲しくて辛くて、見間違えるほど姿が変わってしまってしかるべき重大な事件が隠れていると思い込んでいた。それが、たかが恋のせいだったなんて。

「冬馬と付き合ってた？」

長い二本のみつあみが、白いタオル地の敷布団カバーの上にそれぞれ生きているみたいに丸く散っている。芙美は変わらず泣き出しそうだったけれど、悲しげで縋るようだった表情は静かに冷えはじめた。

「本当に聞きたいの？」

見下ろしている桃色のパジャマが目にうるさくて、頭の中がごちゃごちゃしてくる。いっそ芙美が泣き出してくれたら、どれほど気楽だろう。そうしたら、僕はすぐに謝って、芙美を慰めて、これからどうしようか、落ち着いて話ができるのに。

「小夏くんは、私のこと愛してるの？」

芙美の左腕が、僕の右手の下にある。興奮している僕の指のほうが温度が高いからか、細い腕はひどくひんやりとしている。右腕は布団に投げ出され、動く気配がない。

僕の左手は、芙美の右手を摑んでしまおうか迷いながら、芙美の顔のすぐ横に置いてある。勢いよくついてしまった手首の骨が、じわじわと痛くなってきた。

次に芙美の唇が動いたら、きっと本当のことを言われてしまう。先に、唇をふさいでしまおうか。でも、僕はなぜ、そうするのだったか。

僕が、芙美のことが好きだからだ。

「私は冬馬のことを愛してた」

遠い蟬の鳴き声が、不意に消えてしまった気がした。音のないまま、芙美の両目は透き通り、水の大きな玉のようになって揺らめいたかと思うと、大きな大きな涙の粒が溢れ出し、重力など存在しないみたいに、その塊が浮かび上がり、部屋を埋めていった。

「芙美？」その涙は弾力があり、芙美を守るように包んでいった。膨らんでいく涙の球体に押されるように、僕は芙美から身体を離した。畳を這い、冬馬からの手紙を引っ摑むと、なんとか立ち上がり、芙美を見る。

「芙美！」

芙美は大きな涙の球体の中に、身体を丸めて浮かんでいた。みつあみが片方ほどけ、長い髪が水の中でたゆたう。

「なんだこれ」ほんの一瞬、キスをする間もなかった。目を確認する時間も、日本を出ていく時間も、僕らにはもう、残されていなかったのだ。

部屋に満ちた芙美の涙のせいで、天井や襖が軋んで音を立てている。

「芙美！　芙美！」

僕の部屋や廊下に流れ出さず、表面張力によって部屋の中にとどまっている水の球。その中心にいる芙美は、胎児のように身体を丸めたまま、こちらを見ず、返事もしなかった。髪がなびき、パジャマの裾がひらひらと金魚の尾のように翻る。

「芙美」気を失っているのだろうか。まさか、死んでいやしまい。

水の中に手を突っ込んで芙美を引っぱりだそうと考えたが、この水玉の中身が芙美の涙だとしても、触れていいものかどうかわからない。僕もこの中に巻き込まれてしまうかもしれない。でも、このままにもできない。

僕は息をのみ、おそるおそる、水の球体の表面に触れた。かすかに青くさいにおいがする。表面はつるりとしていて、かなり弾力がある。意を決して中に手を入れようと押してみるが、そう簡単に破れそうにない膜のようなものが張っていて、それがたわむばかりだ。

「どうなってんだ」

透明の膜が薄いのか分厚いのか、もっと皮のようなものなのか、見たかんじではまったくわからない。鋏やナイフで切るのは、芙美を傷つけるようで気が引ける。

「芙美、苦しくない？　返事しろよ」中の芙美の瞳は、薄く開いていた。しかし、瞳孔がはっきりと見えるほどではなく、やはり動いていない。気泡は見えるけれど、芙美の鼻や口からは呼吸の様子が見てとれない。

「進化」なのか「退化」なのか、こんな風になってもまだ、さっぱりわからない。とにかく、コンビニエンスストアに、芙美はアルバイトに行けないと電話をしなければ。その後は、不本意ながら、僕の握りしめている手紙の送り主に頼るしかない。

嘘をつく人じゃないらしい、芙美にかつて愛されていた男、冬馬。


「どちらさまですか？」冬馬の声は想像していたよりうんと低かった。ウクライナは朝の五時過ぎだと言うのに、彼の声は低く安定していて、闇《やみ》の中のようだ。

僕は芙美の入った水の塊の横に座り込んでおずおずと自己紹介を済ませ、奇妙な今の状況をできる限りわかりやすく話した。

「そうですか」冬馬は、まるでこうなることがはじめからわかっていたかのように落ち着き払っていた。

「そうですかって、芙美はどういう状態なんですか？　生きてますすよね？」

「間違いなく生きています。ただ、肉体に変化が起きた」

「そりゃ、見ればわかったってわかります」

「とにかく、そちらに伺ってもよろしいですか？　何はともあれ、実際に見なければ」尋ねているのではなく、もう行くことは決まっているけれど、一応、確認しているといったかんじだった。

「どうぞ」ほかに選択肢はない。「早く来て、芙美を元に戻してください」

「そうだな。もろもろ準備して、明後日にはそちらに伺えるでしょう。空港に着いたらまたご連絡します」

感情の読み取れないその話しぶりは、手紙よりも冷たく感じられた。手紙には、彼の選んだ紙とインクが使われているし、その文字のかたちにはそれなりの個性が表れる。芙美にあてた気持ちもあっただろう。しかし、電話越しの彼は、相手が僕だからか、芙美のことがそれなりにショックだったのか、とにかく静まり返っている。

「わかりました。お待ちしてます」

「雨森さん。ひとつ、頼まれてもらえますか」

「なんですか？」この男は、頼みごとをする気などない。はじめからやらせるつもりだ。そう思いながら訊ね返した。

「芙美の様子を観察して、メモに残してほしいんです。携帯で構わないので写真も撮っておいてください」

「え？」それじゃあまるで、観察記録だ。

「詳しい状態を知るためです。僕がそちらへ着くころには、また新たな変化が起きているかもしれない。なるべく多くの情報が必要です」

「わかりました」いつかの夏休みに朝顔を育てたことを思い出した。あの捻《ねじ》れた蕾《つぼみ》。ふにゃふにゃで、ま紫色の花びら。すぐに枯れてしまう花。

「それから」冬馬はふっと短く深呼吸をした。「僕を待たず、すぐに芙美のご両親に連絡してください」

「どういう意味ですか？」

冬馬はまるで芙美の主治医のように「気をしっかり持ってください」と言った。

「ちょっと、どういうことですか？　僕はしっかりしてますよ！」

「電話代もばかになりませんよね。急いで向かいますので、ひとまずこれで」冬馬はぶつりと電話を切った。

「気をしっかりって」過去にも聞いたことがある、大仰で不吉なせりふだ。「元に戻せるんだろうな」

受話器を置き、硝子越しに見える明るい空をちらりと見る。木々や塀やアスファルトや、ありとあらゆるものが熱く照らし出されている。濃い緑色の葉が、かすかな風に揺れている。

僕は臨時休業の看板を外し、店を開けた。まばらにやってくる客のカットをして、時間があけば二階へ上がり、芙美の様子を見て話しかけたりした。それから冬馬に言われた通りにたくさん写真を撮った。約六畳の部屋にいっぱいになったその水玉は、何度も見ているうちに巨大な金魚鉢のようにも思えた。

「このあたりを乾かすときに後ろから風をあてると跳ねにくいですよ」客の髪をブローしながら、ときどき天井を軋ませる二階の大きな水の塊のことを思うのは不思議な気分だった。そこには芙美がいるけれど、同時に、芙美はどこにいってしまったのだろうとも感じている。

暑いですね、お気をつけて。お待たせしました、今日はどうしますか。襟足が伸びると夏場は気になりますよね。トップにボリュームを持たせましょう。このあたりはすっきりするかんじで。眉がちょうど隠れるくらいはいかがでしょう。似合うと思いますよ。

自分の手が鋏と櫛《くし》を持って軽やかに動いているのに、まるで他人事《ひとごと》のようだ。シャキシャキと音を立てて切られ、床に散っていく毛束。ドライヤーやブラシに持ち変えたり、スプレーをしたり、ワックスを揉み込んだり、口も滑らかにスタイルの説明をする。ご婦人たちの笑顔。中年男性の顎の下の、小さな髭剃り負けのあと。

白髪染めを混ぜ、刷毛《はけ》で丁寧に髪に塗りつける。床を掃き、笑顔を向け、客の腰かけた椅子を具合いの良い高さに調節する。

「あっ」不意に、右手から鋏が落ち、大袈裟《おおげさ》な音を立てて床にその刃を広げる。僕は呆然としてしまい、なかなかそれを拾い上げることができなかった。

悲しいのか怖いのか、よくわからない。母ならどうするだろうかと考えようとしたけれど、うまくいかなかった。気をしっかりなど、持てない。

喪失は、短い期間にそう何度も経験すべきことではない。

冬馬はこの暑いのに、パリッとした白いワイシャツのボタンをきっちりとすべて留め、黒いひとつボタンのジャケットを着込んでいた。黒いパンツに黒いシューズ。右手に提げたバッグも、革製でかっちりとしており、やはり黒かった。

「はじめまして。冬馬と言います」一重だけれど大きな目が印象的な男だった。口が横にぐっと大きくて、二枚目ではないけれど愛嬌《あいきょう》のある顔立ちをしている。平均的な背丈に、平均的な毛量の黒髪は、少し全体的に伸びすぎている様子だ。襟足の毛がワイシャツにぶつかり、いくつか束になって四方に跳ねているし、前髪が目にかかっている。

長めのジャケットの裾のせいか、白と黒のみのコーディネートのせいか、彼はいつかに映画の中で見た牧師みたいだった。

「はじめまして。お疲れでしょうけど、とにかく一度、芙美に会ってください」

どんな男が来ても「芙美はこんな男がよかったのか」と不服に思うと思っていたけれど、恐ろしいことに僕は冬馬を見て、なぜだか納得してしまった。そのことが気に食《く》わなかったが、同時に気が楽でもあった。まったく納得のいかないへんてこな男が、僕の近くで芙美について語るのは耐え難い。

「これは、参ったなあ」

僕の後について二階へ上がるなり、冬馬は目の端に写った芙美をじっと見て言った。

「参ったって、どういうことですか」僕は芙美の傍らにしゃがみ、リモコンを手に取るとエアコンを強めにした。

「思っていた以上に大きい。よくこんなにたくさんの涙が」冬馬は芙美の入った水の玉を見上げたまま、バッグを畳に下ろし、黒いジャケットを脱いで、彼の横に座っていた僕に押し付けた。

「ほかにも、こんな風になった人がいるんですか？」思わずジャケットを受け取ってしまいながら尋ねる。冬馬は白いワイシャツに黒く細いサスペンダーをつけていて、それが妙に馴染《なじ》んで見える。

「こんな風、まあそうだね。うん。僕の知る限りでは三年くらい前から何人も。水に包まれるに限らず」冬馬はまじまじと水球を見つめたり、その表面に触れたりしている。僕より大きな、不器用そうな手だ。

「それで、ウクライナに？」

「そう。知っていたんだね、えーっときみは」冬馬は目をぱちくりさせて僕を見た。

「小夏です。雨森小夏」何度か電話でやり取りをしているのに、名前を覚えていないことを悪びれる様子のない冬馬に苛立って、僕は顔をしかめた。それに、電話のときとは違い、彼はまったく敬語を使わない。

「そう、小夏くん。ウクライナのことは芙美から？」冬馬は薄く笑った。

「ええ、まあ」僕の頭の中に思い出されたのは、タオル地の布団カバーの上に組み敷いたときの芙美の姿だった。僕は、あんな風に自分を睨む女性をはじめて見た。

芙美は見た目より軽くて小さくて、同じ家で暮らしているのに、鎖骨の少し下あたりから、ほんのり知らないにおいがした。あのとき、冬馬からの手紙は、畳の上、足元に、開いたままになっていた。

「前兆はあったの？」

「前兆？」冬馬からの手紙に、目の異変について書かれていたことを思い出す。「この姿になった前日、目が痛いって言いだして。熱っぽいかんじもあったので、翌朝、内科と眼科をはしごしました。目に疾患《しっかん》はありませんでしたけど」

冬馬はひとり、深く頷いた。

「それだけ？　芙美はきみと住んでいたんだよね。目が、思いもよらない光り方をしていたことは？」

「ありました」僕は深呼吸をした。「芙美の父親も僕も、変だと思うことはあって、でも本人に違和感はなかったみたいで」

「じゃあ、昨日今日発症ということではないのか」冬馬は水の中の芙美を見て目を細めた。

「どうしたらいいんですか？」あのとき、キスをしたらよかった。睨まれても、押し倒したなりにことを進めてしまえばよかった。「芙美を元に戻せますか？」

「はっきり言うと、難しいよ」冬馬は本当に静かに、きっぱりと言った。「三年前、僕のところに植物になった人間の話が持ち込まれたときから、僕はずっと、それがなぜなのか、どうすれば人の姿に戻せるのかを研究してきた。僕だけじゃない。病気として扱う学者もいれば、心理学、遺伝子学、植物学、環境学、あらゆる方向から研究がなされているけど、いまだ何ひとつ解明されていない」

「ちょっと待ってください。植物？　これ、植物なんですか？　どこが？」僕の目の前の芙美は、自身の涙に包まれただけで、緑色になったり花が咲いたりしているわけではない。

「個人差は大きいけど、これは変化の始まりに過ぎない。今は水分に閉じ込められているだけに見えるけど、これから徐々に植物に変わっていくんだ」冬馬は真面目くさった顔をしている。それぞれ真っ直ぐに生えそろった濃いめの眉毛が、前髪の向こう、わずかに持ち上がる。

「植物って、どんな？　木や花になるんですか？」僕は球体に近づいて中の芙美を覗き見た。彼女の意識は、どうなっているのだろう。

「それはわからない。速さも種類もそれぞれで予測がつかないんだ。球根のようなかたちになってから、何年も姿の変わっていない例もある。黒い種になって順調に芽が出ることもあるし、種の姿を経ないで花が咲くことも」

「巨大向日葵、とか？」ふと、いつかに芙美と観たニュースの内容が頭をかすめた。

「そういえば、あれはニュースになってしまったね。あの地域に住んでいた身寄りのない男性で、僕のところに連絡がきて帰国したときには、もうたくさんの向日葵に混ざってしまってた。あの例は、今まで見てきた中でも姿が変わるのが早かったよ。しかも、特大だった」

「人間が、向日葵に変わったってことですか？」レポーターの隣に頭をもたげていた巨大な向日葵の花。びっしりと並んだ種。鮮やかな黄色の花びら。あれが、元は人間だったなんて。「嘘だ」

冷えた西瓜《すいか》が食べたい、と急に思った。冬馬のしている話を今すぐに理解して次の質問をしたり、何か先のことを考えたりできる気がしなかったのだ。彼だって暑い中、それなりに急いでやってきてくたくたのはずだ。少し、休んだほうがいい。こんな急な現実、受け止められない。一度、考えることをやめたい。

「どちらにせよ、元の、あの中心にいる人の姿をした芙美に戻る可能性は限りなく少ない。そして、変容が止まらず、順調に植物として花が咲くなり実がなるなりすれば、それはやがて枯れてしまう」

「枯れる」僕はただ繰り返した。植物が枯れたら、葉や枝や幹や、すべてが痩せて乾いて茶色くなり、朽ち果てて土に戻る。

「小夏くん、芙美のご両親に連絡は？」

「連絡はしました。でも、風邪で倒れたって話しました。芙美の母親が明日、来ると思います」

「もう一度連絡してもらえるかな。もっと緊急の話だということをわかってもらわないと。そのほかのことは、お会いしたら、僕が直接説明するから」冬馬は淡々と言った。それからワイシャツのボタンを上から二つほど外して、ふう、と深く息を吐いた。

冬馬の表情は、この家に来てからどんどん曇っていく。それを見ていると、僕の心の中も灰色の煙でいっぱいになる。


西瓜を半分、買ってきて、大きく切って冬馬に出した。僕はスプーンで種を取りながら実を掬《すく》って食べるが、冬馬は直接かぶりついた。そういうタイプには見えなかったので、少しだけ驚いた。

「これは甘い」静かな顔を西瓜の汁だらけにしながら、冬馬はひっそりと言った。

僕はスプーンの先で種をくりだしながら、ちゃぶ台の向かい側で大きな西瓜をむさぼり食う男をじっと観察した。顔がべたべたになるし、白いワイシャツが汚れてしまうとは思わないのだろうか。

「いやあ、本当に久しぶりでうまい」ふと西瓜から顔を離し、真剣に言って深く頷くと、またむさぼりはじめる。

　僕が半分も食べ終えないうちに、冬馬は西瓜をもう一切れ、おかわりして食べはじめた。

「例えば芙美が、西瓜になってしまうこともあり得るんですか」自分の思いつきにぞっとして、甘いにおいを発している西瓜の赤い果肉をじっと見る。溢れ、滴《したた》り落ちる果汁と、皿に散った黒い種。

「ないとは言い切れない。しかし、そうして実った西瓜を食べるかということになると、倫理的な問題が出てくるよ」冬馬は困惑した表情で僕を見た。顎にひとつ、西瓜の種が張り付いている。

「芙美を食べるつもりで聞いてるんじゃありません」大きな声を出すと、冬馬は静かに目をまん丸くした。

「しかし、こんなことになるのなら、もっと早く知らせておくべきだったな」冬馬は皿の上の、食べ終えた二切れの西瓜の皮に、汁まみれの両手を合わせて「ごちそうさまでした」と言った。

「どうしてですか？　ずっと、こうなること、わかってたみたいな態度ですけど」僕はティッシュの箱を手に取り、冬馬に差し出した。

　冬馬はティッシュを二枚、引き抜くと、手や口の周りを丁寧に拭《ふ》き、それを丸めて西瓜の皮ののった皿の隅に置き、息をついた。

「今のところ、植物化した人間たちの共通点は、住んでいる場所。それから、強い寂しさや喪失感を抱えていたことだけなんだ。家族との死別、泥沼の離婚、孤児。わかっていたとまでは言えないけど、僕は、芙美に寂しい思いをさせていた自覚があったからね」

冬馬の物言いは常にくっきりとしている。僕ならば水色やベージュにしておくであろうことを、的確に赤や青や白にきっちりと分けていく。

「三年前に僕が海外へ行くまで、僕と芙美は二年間、一緒にいたんだ。いや、別々に暮らしていたけど、つまり、愛し合っていた」

「別れてからも、芙美があなたを好きで寂しがっていたと思ってるんですか？」大変な自信家、うぬぼれ、思い上がりだと思った。芙美は涙に包まれてしまう直前に、「私は冬馬のことを愛してた」と言った。過去の気持ちとして話したのだと、僕は考えている。

「僕は芙美がどのくらい情熱的だったか知ってるから」きみは知らないだろう、という言い方ではなかった。単にくっきりとした事実としてそこにあるだけというかんじだった。

髪が茶色くて、きちんとブローされていて、きれいに化粧をしていいにおいをさせてマニキュアを塗っていたころの、情熱的だった芙美。ゆったりと長い黒髪を畳になびかせて、Tシャツ姿で転がったまま眠りこんだりはしない芙美。

僕の知らない芙美は、どんなふうにどのくらい、冬馬を愛していたのだろう。

「小夏くんは芙美のことが好きなんだね。僕は、なんだか申し訳ないよ」冬馬は目を伏せた。一重の目が、月のように細くなる。悪意のなさすぎることが、かえって悪辣《あくらつ》である。

「好きに、なりかけてたってかんじです。やっと自覚したと思ったところで」僕の胸の奥の花は、咲くことを許されなかった。それでももっと、芙美のことを知りたいと思った矢先の出来事だった。

「きみは正直者だなあ」

食べ終えた西瓜の皮を見ると、僕のものに比べ、冬馬は赤い部分をほとんど残していなかった。いったいどんな風にすれば口だけでこのように食べられるのかと思いながら、それを流しの隅のゴミ容器に捨てる。

それから、改めて花之枝家に電話をして、和子おばさんに事態は緊急だと伝えた。正直に話して、すぐに理解を得られるものでもないので、風邪よりもうんと大変で恐ろしい病気かもしれないと言った。とにかく、早く来てくれと。おばさんは、会社帰りの明生おじさんと合流して、夜までにこちらに来ることになった。

「良かった。とにかく来て、芙美の状態を見てもらえば、突飛な話でも説明がしやすい」冬馬は長い前髪を邪魔そうに何度も指でどけながら、再び二階で芙美を検分しはじめた。彼について二階へ上がり、冬馬の隣で一緒になって芙美を見るが、良くも悪くも、さっきから何も変わっていない。

「髪、もし邪魔なら、切りましょうか」思わず言ってしまう。

くしゃくしゃと頭を掻きながら芙美の前に胡坐を掻いて座り込み、持参したノートパソコンを開いて、僕がメモした芙美の様子や携帯電話で撮影した幾枚もの写真をどこかに送っている。画面を盗み見ても、すぐには内容を読み取れない英字でのやり取りだ。

「いや、暑いし邪魔なんだけど、あまり髪が短いと顔が丸出しになって落ち着かないんだ」冬馬は真面目くさって言った。

「顔が丸出し？」今だって、別に顔が隠れているわけではない。

「なんとなくね、前髪や、横の髪がこう、長いと、守られているようで安心するんだ。特に額は出したくない」耳の横の毛をするすると触りながら、冬馬は苦笑した。

ものぐさで理路整然とした、しかし西瓜は思い切りよく食べる牧師、のような学者だ。

「ここはいい店だね。暮らしやすそうな落ち着いたかんじだし、アムールという看板もとても親しみやすいフォントで美しい。芙美が、ここにいてくれてよかった」

「それはどうも」

大きな手で注射器を持ち、新しい針を取り出して先につける。それをうやうやしく芙美の涙に刺して、中身を吸い上げる。

水の表面に針を刺す瞬間、穴が空いたら涙が吹き出すか、玉ごと爆発するように割れてしまうのではないかと思ったが、そんなことはなかった。

僕は冬馬の隣にしゃがみこみ、彼の手があらかじめ決められていたかのように迷いなく動くさまをじっと見つめた。液体、涙を試験管に移し、陽に透かして見る。においを嗅ぐ。眉をひそめ、もう一度、においを嗅ぐ。

「これは東北に常駐している研究員に送って、人間の体液か植物のものか、判別してもらうよ。涙のにおいがするけど、それだけじゃわからないからね」

　僕は異様な光景に何も言うことができなかった。

「お店を開けないの？」冬馬が唐突に尋ねた。

「あ、邪魔だったらすいません。一応、昼過ぎから開店はしてます。夕方に三人予約が入ってて、それまでは入口のピンポンが鳴るのを待ってるかんじなので」芙美の近く、正確には芙美の涙の大きな大きな塊のそばにいると、とても涼しい気がする。畳いっぱい、天井まで膨らんだ水に陽が差し、揺れて気泡ができ、消えていく。浮かぶ芙美の長い髪が、青みがかって見える透明の水中で重力なく動き、パジャマの袖や裾から見える肌がいっそう白い。それが、畳に影絵のように映し出され、ときどきキラキラと光る。

「いや、邪魔をしてるのは僕だよ」冬馬はつぶやき、試験管に蓋をして、右手をグーにして目元を擦った。「僕が現れるというのは、よくないことだからね」

　冬馬の顔は、どちらかといえば整っているほうだと思う。しかし、「顔が丸出しになる」という感覚はわからなくもない。そういうことを言う客は、現にときどき、いる。造形の良し悪《あ》しに拘わらず、どの角度からでも表情や顔の輪郭が見えてしまうようなヘアスタイルにはしたくないという人。僕は口八丁手八丁で、いっそすっきりと切ってしまうか、彼らの言う通りに、前髪を長いままにしたりしてきた。

「芙美もそうだったのかな」ごく小さい声で言った。

「何が？」パソコンの画面に食いつくような体勢のまま冬馬が尋ねた。

「芙美の髪、今は状態いいですけど、ここに来たときはひどかったんです。前髪はぼさぼさで、毛先だけ茶色くてめちゃくちゃ傷んでて。でも、短くはしたがらなかった。お洒落もほとんどやめて、化粧もしないで。でも、髪は伸ばしたいって。顔を隠してたのかもしれない」

「芙美はきれいなのに。もったいないな」冬馬はいかにも優しげに大きなその口だけで微笑んだ。何の他意もなく、ただ、確信に満ちていた。


「芙美！」明生おじさんは両手を前に出したが、こわごわと芙美の塊の表面を撫でるように動かすだけで、触れることはしなかった。「芙美！　なんなんだこれは！」

明生おじさんの取り乱した様子を見たのは、亡くなった母との喧嘩のときと芙美との喧嘩のときと、今回で三度目になった。

「ちょっと、とにかくお話を聞きましょうよ」和子おばさんも心配そうに芙美を見ていたが、おじさんよりもずっと冷静な瞳をしていた。

芙美の部屋いっぱいになったその涙の塊の脇に座布団を並べ、僕と冬馬、明生おじさんと和子おばさんは丸く座った。

「何か、飲みますか」

彼らが来たのは、ちょうど、三人目の予約客の髪を仕上げたときだった。おじさんが西瓜を一玉、抱え、おばさんは日傘を畳みながらアムールへ入ってきた。

客が帰るまで、ふたりを小上がりで待たせる。冬馬はずっと芙美について、何かを調べたり、電話で外国とやりとりをしていた。

中年の女性客が会計を終えると、僕はそれを見送って、店の奥へ戻った。和子おばさんは変わらずふっくらと笑顔で、明生おじさんは眉間に皺を寄せ、浅い緑色のポロシャツのポケットに煙草《たばこ》とライターを突っ込んでいた。

「さっき麦茶をいただいたから大丈夫よ」おばさんはまだ、笑顔を崩さなかった。「それで、芙美はどうしたの？　重い病気かもしれないって、これが？」

尋ねたおばさんのすぐ横で、盛り上がった透明な部分がエアコンの風にふるふると揺れる。

どう説明したものかと、僕は冬馬を見た。冬馬が僕を見ていたので、目を合わせた格好になってしまった。

「端的に言うと、原因不明の奇病のようなものです」冬馬はゆっくりと切り出した。「元に戻す技術は、今のこの世界にはまだありません」

「何を言っているんだ？」明生おじさんは非難がましい声をあげた。「小夏くん、まずは経緯を説明してくれ。これは、水を抜いて中から芙美を引っ張り出すのじゃだめなのか？」

「それじゃあだめです。絶対にいけません」冬馬は遮るように言った。

「ちょっと落ち着いて。ねえ、ある日突然こうなってしまうの？　芙美と話はできますか？」おばさんは首をかしげ、医師に聞くかのように冬馬に問うた。

「今のところ、こうなってしまう前兆としては、何らかの目の異常が認められることが多いです。意識のない状態なので、今、彼女と話はできないと思います」冬馬は丁寧に答えた。

「目の異常？」明生おじさんがぼそりと言った。

「芙美さんはこうなる前日に熱を出し、目が痛いと言っていたそうです。それに、ときどき眼球がありえない色に光っていた」冬馬は正座していた脚をそろり、そろりと崩した。「しかし、色や光り方の変化は常にみられるものではないですし、目の痛みは、今の医療では眼精疲労としか判断しようがありません」

　激しい目の充血や視力の著しい低下、目やにが出るなど、わかりやすい症状は一切、見られないのです。と冬馬は言い切り、息を吐いた。

「これからどうすればいいんだ」おじさんは下を向き、正座した両方の膝頭を、力を込めてさすっていた。

「例えば、大きな病院で診《み》ていただくことはできるんですか？　専門のお医者様はいらっしゃるの？」和子おばさんは静かで、この短時間でおじさんよりも事態をそこそこに把握し、理解すらしているように見えた。白髪染めで赤いメッシュの入ったようなセミロングは、硬い髪質のためごわごわと広がっている。

「世界各国の学者がこの件について調査していますが、残念ながら大きな進展はありません。今、日本の病院で診察を受けたとしても、騒ぎになるだけで、彼女にとっていいことはないでしょう」冬馬はすまなそうに肩をすぼめた。「症例の名前すら一貫されず、まだどこにも発表されていないんです。情けないことですが。名前をひとつに決めてしまうと、外部に漏れやすいということもありまして」

「つまり、今のまま、どうしようもないということですか？」和子おばさんの声は大きく揺らいでいた。笑顔は消えたけれど、その様子は静かなままだ。「芙美は今後、どうなってしまうんですか？」

僕はずっと、明生おじさんを見ていた。握りしめ、わずかに震える手元。正座のまま動かず、少しずつ背が丸まっている。額に汗が滲み、真一文字に結ばれた唇は一部が白い。もしかしたら少しだけ、噛んでいるのかもしれない。

「彼女はこのままいくと、何らかの植物にその姿を変えます。時期はわかりません。その種類も。できる限りのことはするつもりです」

芙美の浮かぶ巨大な金魚鉢のような水の玉は、一切、音を立てない。僕らが黙り込むと、襖を開け放ったままの二階は静まり返り、古いエアコンの作動音のうるささが際立つ。

「できる限りのことと言われても」おじさんが絞り出すように言った。「なんなんだ、これは」

「病原菌が出たわけでも、理由が明確になっているわけでもありませんが、『そういう病気』なのだと思っていただくしかありません」

冬馬の説明は丁寧でわかりやすかった。すべての言葉は的確に思えたし、あとは受け取る僕やおじさんたちの問題だと思えた。これから、どうしようもないのだ。芙美はやがて、花になる。それを見守るしかない。

話し合いの後、僕は飛び込みの客の髪を切り、明生おじさんたちにはまた小上がりで休んでもらった。冬馬はおばさんの細かい疑問にも丁寧に答え、いつでも連絡をくださいと連絡先をメモした紙片を渡していた。


「じゃあ、いただきます」おばさんが手を合わせる。

「いただきます」僕は憂鬱な表情の明生おじさんと淡々とした様子の冬馬に挟まれ、箸を持ち上げ手を合わせた。

狭い台所で換気扇を回し、古い二口のコンロをめいっぱい使って和子おばさんが作ってくれた肉じゃがに焼き茄子《なす》、刻み葱《ねぎ》のたくさんのった冷奴《ひややっこ》、スライスしたトマト。

「あとで西瓜もありますからね」おばさんは満足げに言った。

「すごいですね。戻ってすぐに、こんなに日本的な食事ができるなんてラッキーだなあ」冬馬は素直に言いながら箸と茶碗を手に持った。

「芙美は料理はしてた？」おばさんはゆったりと僕を見た。

「いえ、あんまりしてなかったです」暑いせいか、この状況のせいか、喉元がふさがっているようで食欲が湧《わ》かず、とにかく食べやすそうなトマトを皿にとる。

「あら、あの子けっこう作るの好きなのに」

「え？　芙美、料理できるんですか？」僕は呆気《あっけ》にとられた。しかし、よく考えてみれば、まったくしないというのも考えにくい。彼女は結構な期間、ひとり暮らしをしていたのだ。やる気がなかっただけだとしてもおかしくない。

「うまかったよ。大体なんでも、手際よく作ってた」冬馬がぽつりと言った。

「ああ、そう」冷えて程よく酸味のあるトマトに、ほんのりとごま油の風味がある。噛むたびに口の中でほどけ、薄い皮の歯触りだけが残る。「知らなかった」

「僕はあの、名前がわからないんだけど、野菜が入ってるパウンドケーキみたいなものが好きだったなあ。作業中に食べやすくて」冬馬はしみじみと言いながら、茄子にかじりついた。何を食べるにしても、この男は妙に野性的だ。「おにぎりもよかったけどねえ」

「ああ、私もあれは好きだったわ。ピザみたいな味なのよ」

「へえ」野菜が入った、ピザみたいな味のパウンドケーキのようなものは、パウンドケーキとは違うのだろうか。ごく軽い疎外感を覚えながら、僕も焼き茄子に手を伸ばす。

「お前は暢気すぎる。どうして飯なんか食ってられるんだ」唐突なおじさんの声は鋭く、かりそめの団欒《だんらん》に突き刺さった。「騒がれてもなんでも、ひとまず病院に連れて行くべきだろう」

おばさんは表情を変えなかったし、箸も止めなかった。

「おい、和子」

僕がおじさんをなだめようと、言葉の準備もしないまま口を開けた直後だった。和子おばさんはおじさんの方を向いた。

「いいから食べなさい」いつも通りのおっとりとした物言いのはずなのに、その迫力は明生おじさんの苛立ちや不安など物ともしなかった。

「ほら、お豆腐なら食べやすいでしょう」冷奴ののった皿を、明生おじさんの前に移動する。

和子おばさんは暢気なのではない。亡くなった母と同じで、肝が据わっているのだ。一見して陽気で明るく派手だった母と、のんびり屋の和子おばさんの仲が良いことは不思議に思えることもあったけれど、イメージなど、この際、関係がない。

おばさんも母も、不安や苛立ちがないわけではない。それでも、暮らしていかなければならないということだ。

いいから食べなさい。

5

芙美《ふみ》を花之枝《はなのえ》家に連れて帰るため、『運ぶ』という案が出たけれど、木造家屋の二階に、天井までみっちりと詰まるように膨らんでいる水の塊は大きく、重たくて、移動する術《すべ》がなかった。

仮にアムールから運び出せたとしても、その姿を何かで覆い隠さなければおかしなことになる。とてもじゃないけれど、電車には乗せられない。大きなトラックも、簡単には手配できない。

「なるべく様子を見に来るようにするから、よろしくお願いしますね」和子《かずこ》おばさんは陰鬱《いんうつ》な様子の明生《あきお》おじさんを引っ張るようにして家に戻っていった。

「じゃあ、僕も、この近くのビジネスホテルに泊まってるから、そろそろ戻ります」冬馬《とうま》は黒いジャケットを羽織り、黒いバッグを提げて薄く笑った。長すぎる前髪が真ん丸な目元に影を落としている。「何か変わったことがあったら、何時でもかまわないので連絡してください」

「冬馬さんは、いつまで日本にいる予定なんですか」

アムールの店先、枇杷《びわ》の木は剪定《せんてい》しかけたままになっている。とにかく、大きな木陰はなくなり、隣家の庭やベランダに出るほどではなくなったので、今年はもう、これで終わりにしよう。

なんだか、それどころではなくなってしまった。何もかも。

「わからない。調べるべき例はどんどん増えてるんだ。できる限りここにいたいけど」

今、世界で何人もの人が、芙美と同じように姿を変えているのか。

「迷惑だろうけど、僕もちょくちょく来させてもらうよ。研究室と連絡を取りながら芙美の様子を見る。このまま引き下がるつもりはないからね」

「アムールは、営業しててかまいませんよね。例えば感染するようなことは？」優しい夜気が額《ひたい》や頬《ほお》を撫《な》でる。生ぬるい、誰かの皮膚みたいだ。「僕がうつるぶんには、もういいんですけど」

「感染の心配は一切ない。それだけは保証できるから、小夏《こなつ》くんは普段通り、この美容室を開いてくれてかまわない」

僕はとても寄る辺ない気持ちだった。だから、目の前の黒ずくめの男に少しでも自分の心的負担を減らしてもらいたかった。そのことが、情けなかった。

芙美のことを「好きになりかけていた」と言ったけれど、それはもう「好き」ということとほとんど同義だ。僕の前に立っているのは、好きな女の昔の恋人なのに。

冬馬は僕より背が高く、堂々としていて言葉に迷いがなく、芙美のことを僕よりうんとよく知っている。実は料理が得意だったことも、昔は使っていた香水の銘柄も、例えば、もっと、おかしくなるようなことも。

「そのうち、もし気が向いたら、カットをお願いするよ。じゃあ」ひらひらと手を振って、冬馬は夜の闇《やみ》の中へ消えていった。アムールは静まり返り、僕はおばさんがきれいに片付けてくれた台所に立って呆然《ぼうぜん》とした。

二階に芙美がいるけれど、触れられないし言葉も交わせない。ひとりぼっちに戻ってしまったようだった。

電気を消した店舗部分を通り抜けて二階へ上がる。暗い部屋で月明かりを浴びながら、芙美は変わらず、たゆたっている。水の揺らめきが畳に光る影を落とす。

「みんな帰ったよ」言いながら、芙美の近くへ座り、その水分に顔を近づけてじっと見る。「芙美、料理できるんだって？　野菜が入ったパウンドケーキみたいなのって何？　それ、パウンドケーキとは別物なの？」

当然、答えはない。僕はその場に寝転んで、両手で顔を拭《ぬぐ》うようにした。球いっぱいの涙に跳ね返った光と、どこからか出ては消えていく細やかな気泡で、あたりはとても青く明るい。まるで炭酸水の中にいるみたいだ。

「疲れた」

芙美の髪はすっかりほどけてふわふわと柔らかそうに水の中に広がっている。

「芙美、冬馬と別れて、そんなに寂《さび》しかったのか。言ってくれればよかったのに」身をよじり、腕を伸ばし、指先で涙の塊に触れる。感触は昨日と変わらない。跳ね返されそうなほどの弾力に、拒絶されている錯覚に陥る。

「ごめんな」

横になっていると、どこか現実味がなく浮ついていた意識がずっしりと身体《からだ》に戻ってきて、みるみるうちに瞼《まぶた》が重くなってくる。疲れていて眠たいけれど、眠る前に風呂に入らなければ。食器はおばさんが洗ってくれたけれど、明日は通常通りの営業予定なのだ。

「ヤバい、布団で寝ないと」言いながら、僕は眠気に抗《あらが》えずに目を閉じた。

昨日の夜も、ひとりで芙美と向き合って、話しかけてみたりつついてみたりするうちに、疲れでうとうとして、やがて眠ってしまった。それでも体内時計でいつも通りの時間に目が覚めて、汗だくのシャツをその場で脱ぐのを躊躇《ためら》って、階下へ降りてシャワーを浴びた。

芙美は僕のことなど見ていないのに。

手が届かないから、こんなに欲しい気がするのだろうか。

「失礼します」と言いながら、僕は黙って目の前の椅子《いす》に座っている冬馬にケープをつけた。

「今日はカットのみでよろしいですか？」

「あの、縄を解《ほど》いてもらえない？」冬馬は苦笑しながら、鏡越しに僕を見た。

「縄？」ふとケープをめくってみると、冬馬はヘアセット用の椅子に白い縄でぐるぐる巻きになっていた。僕が、縛ったのかもしれない。「確かに、縄だ」

「僕、髪を切るつもりはないんだ。話したよね？」

「せっかくだからきれいにしましょうよ」僕は薄く笑った。「カットだけでなく、軽やかにカラーしたらどうですか？　ブラウンベージュとか、似合うと思いますよ」

知らないうちに着替えを済ませた僕は、ワゴンにシザーケースをのせ、両手にはそれぞれ鋏《はさみ》と櫛《くし》を握り、準備万端だった。

「いやいや、僕はそんなガラじゃないから」冬馬はまだまだ笑顔で、余裕ありげに言う。

「遠慮しないでください。サービスですから」サービスだなんて、普段はめったに使わない言葉だ。

「いやいやいや、気を使わないでよ。僕は、芙美の様子を見に来ただけなんだから」冬馬はやっと、ケープの下から縛られた両手の先だけを出して遠慮する仕草を見せた。

「芙美を元の姿に戻すために、冬馬さんにはこれからもっとがんばってもらわないと。気合いを入れる意味でも、ここはバッサリいきましょうよ」僕は鋏をゆっくりと動かし、わざとシャキシャキと刃を鳴らした。「心配しなくても、僕、こう見えても青山で働いてたんですから、安心して任せてください」

「もちろん、小夏くんの腕は信用するよ。でも、僕は今の髪型で満足だから」

まったく変わらない冬馬の声音《こわね》にわずかに苛立《いらだ》って、僕は笑うのをやめた。笑顔を保てなくなったのだ。

「向日葵《ひまわり》畑で大きな向日葵になってしまった人は、どんな気持ちで花になっていったんでしょうね。痛くはないのかな？　全然身寄りがないなんて僕には想像つかないけど。芙美も、そんなに孤独だったんでしょうか。どう思いますか？」

「寂しさやつらさの重みは人それぞれだよ。弱っていればちょっとしたことでも大きく自信を失うきっかけになる。傍《はた》から見てわかりやすい事件があるかどうかじゃ測れないことが、心の中ではいつだって起きているんだよ」

「そうですね。僕は、芙美があなたに置いて行かれたくらいでこんな風になってしまうなんて、とてもじゃないけど理解できません」

「申し訳ないと思ってるよ」冬馬は神妙な顔をしていた。

僕は、怒るに怒りきれない気持ちに戸惑ったけれど、もう引っ込みがつかなかった。

「気になるんですよね、髪ぼさぼさにしてる人見ると。切りますよ」僕は真顔になり、いよいよ左手の指で冬馬の髪の毛を摘《つま》み上げ、ばっさりと鋏を入れようとした、そのときだった。

「やめて！」間一髪のところで邪魔が入り、僕たちは一斉に声のしたほうを見た。

店内が、正確には店の床だけが、やけに広く感じる。僕から遠く離れたところから声をあげたのは、二階から降りてきた芙美だった。

「芙美？　気が付いたのか？　どうやって？」僕は鋏を取り落として叫んだ。

「泳いで出てきたのよ！」芙美は確かに、全身がびしょ濡《ぬ》れだった。髪もパジャマも肌に張り付いて、下着が透けて見えるほどだ。

「泳いで？」

芙美はびちゃびちゃと足音をさせて小走りで僕らのもとへ来ると、冬馬の纏《まと》ったケープを引き裂かんばかりに剝《は》ぎ取って、立派な白い縄に両手をかけ、力任せに引っ張った。

古いヘアセット用の椅子がわずかに揺れる。

「芙美、助かったよ」冬馬はのんびりと笑う。「顔が丸出しになるのはいやだからさ」

「待てよ！　芙美、こいつのせいであんな目に遭ったのに助けるのか？　髪くらい切らせろよ！」僕は水しぶきを飛ばしながら縄を解こうとしている芙美に訴えた。「顔が丸出しになればいいだろ、こんなやつ！」

芙美は息を切らし、ふやけた指を真っ赤にしながら縄を解こうと苦心しており、僕の話を全然、聞いていないように見える。

「それに、こいつを助けても、また芙美を置いて行くに決まってる！　二度も失えるのか？」客観的な自分が、僕の言いぐさを「ひどい」と罵《ののし》った。しかし、これが本音だと頷《うなず》きもした。

「それでもいいの」ぼそりと、芙美が答えた。「それでも、この人がいいの」

濡れた長い髪から、ぽた、ぽたと音を立てて水が滴《したた》る。水をたっぷりと含んだ肌はいっそう白く、伏せた目元から頰に、睫毛の影がきれいに落ちていた。

愕然《がくぜん》とする僕を尻目に、芙美は床に落ちているヘアカット用の鋏を見つけると拾い上げ、無理矢理に縄を切って、冬馬の腕を摑んで彼を立ち上がらせた。

「芙美、待てって！」僕が手を伸ばすより早く、芙美は冬馬を引っ張ってアムールを出ていく。摑《つか》んでいた僕の鋏を無下に床に放り出して、一目散に逃げていく。

どこに行くのだ。おかしな学者とふたり、炎天下の中、いったいどこへ。

「芙美！」自分の声で目が覚めた。すっかり息が上がっていて、汗だくだった。

既《すで》に明るく、蒸し暑くなった畳に大の字になって眠りこけていた僕は、ここがアムールの二階で、ついさっきまでの出来事が現実でないと認識するまでに、少し時間が要《い》った。

呼吸を整えながらむくりと起き上がり、すぐ横で変わらず巨大水槽のようにどっしりと大きい、芙美を中心とした涙の塊を見る。

あんなにひどいことを言ったのが、夢で良かった。でも、夢の中では、芙美はこの中から「泳いで」出てくることができていた。しかし、出てきた芙美は冬馬を選び、僕を置いて行ってしまう。つまり、どうしたって僕と芙美は一緒にならない。

僕はふらふらと立ち上がり、汗で身体にへばり付いたシャツに顔をしかめながら浴室に向かった。洗濯機にかけたかのような勢いで全身を洗ってしまうと、タオルを腰に巻いて二階へ戻り、一応、芙美から隠れるように、襖《ふすま》の陰でこそこそと着替えた。

「あれ？」改めて芙美を見て、僕ははじめて、その異変に気が付いた。「なんだこれ！」

夏休みの早朝、絵日記をつけるために観察した朝顔の鉢植えや、皆で育てていた水栽培のヒヤシンスを改めて思い出す。小さいころは、その成長に気が付くとそれなりにうれしい気持ちになった。いつだって、進んで変わっていくものは美しいものなのに。

僕は、芙美の浮かぶ水風船の表面に浮かび上がった、くっきりとしたその模様を指でなぞった。

「確かに、これは葉脈だね。これ、このまま表面に広がっていくと思う」開店前にやってきた冬馬の髪には、わずかに寝癖が残っていた。「中の水分は涙に近いものだったけど、この膜は既に植物だろうな。透明ではあるけど、日に日に分厚くなってる。中身の成分も、これからどんどん変わってくると予測できる」

冬馬は今日も、昨日と似たような白いシャツに黒いパンツを穿《は》き、細いサスペンダーをつけている。

二階はしばし静まり返る。

芙美の姿も冬馬の話すことも、僕の理解を超えている。

「そうだ。朝、食べました？　僕は今からさっと済ませますけど、よければどうですか」夢の中でひどい目に遭わせたことが、ほんの少しだけ後ろめたかったので、そう申し出た。それに、ときどき考えることをやめなければ耐えられない。それには、食べることだ。

「朝はいつも食べないで済ませてしまうからありがたいなあ」冬馬は心底嬉《うれ》しそうに笑った。

「忙しいとついね。いや、御馳走《ごちそう》になってばかりで申し訳ない」

心から謝るくせに、遠慮なく居座る男だ。


冬馬は大きな口でトーストをかじり、目玉焼きをたった二口で食べた。

なんだってこの男は、微塵《みじん》の嫌みもなく笑い、猛然と食べるくせに太っていないのか。この状況を憎らしく思い、あんな夢まで見た自分が、ものすごく低俗な人間に思えてくる。

「目玉焼きといえば、芙美の焼いたのは驚くほどきれいだったなあ。黄身が満月みたいにくっきり輝いて、白身にも焦げ付きが一切なくて。なかなか難しいんだよね、あれは」冬馬がしみじみと言う。しみじみしないでほしいと、僕は思う。芙美はまだ二階で生きているし、僕の芙美への思いは、結局、現在進行形で柔らかく膨らんでいく。

自分から食事をすると言い出したものの、僕には冬馬ほど食欲がなく、さっきから珈琲《コーヒー》ばかり何杯も飲んでしまう。

「今日は、あの葉脈部分をほかのケースと比べてみるよ。何かひとつでも共通点が増えれば、違う見方もできるかもしれない」トースト三枚と目玉焼き、ハムを二枚にスライスチーズ、苺《いちご》ジャムを食べ終え、冬馬は軽く息をつきながら珈琲を啜《すす》った。

「僕は下で営業してますから、何かあったら声かけてください」なぜ、敬語を使わないのか、なぜ、サスペンダーなのか。なぜ、そんなによく食べるのか。髪を半端に伸ばしているように、冬馬のやることには、すべてにそれなりの理由がありそうな気がする。でも、どれも、暴いたところで僕には意味を持たない。理由がわかったところで、腹が立つことはあっても幸福にはなれない。

その日は開店直後に数人の客が来て忙しく、あまり芙美について考え込む時間はなかった。昼食はコンビニエンスストアへ買いに出た。僕は、何気なく一緒にやってくる冬馬に文句ひとつ言えなかった。

「お兄さん！　芙美ちゃんの体調はどうですか？」

弁当を選んでいると、後ろから声をかけられた。相変わらずの音量に驚いて肩をすくめ、振り返る。

「ああ、どうも、店長。すみません、芙美、ちょっと夏風邪こじらせたみたいで、なかなか熱が下がらなくて」僕はいかにもそれらしく、栄養ドリンクを一本、かごに放り込んで見せた。

「そうですか！　今年のはしつこいらしいですから、くれぐれも気を付けて！　で、こちらはご友人？　牧師さんですか？」店長は自身のアフロヘアを触りながら、遠慮なく、見たままの印象を口にする。

「こちらは、冬馬さんです」

「冬馬です。芙美の古い友人です」冬馬はさりげなく言いながら、個包装の温泉卵を自分のかごに入れた。「見舞いにきたんですよ」

「そうかあ！　いや、まあシフトはどうにか組んでるんで、じっくり治して、早く復帰してください！　そしたらまた、快気祝いでもやりましょう、お兄さん！」アフロ店長は満面の笑みで僕の肩を叩《たた》いた。

「はい」僕は俯《うつむ》いて言いながら、そろそろと逃げるようにレジの列に並んだ。冬馬がゆったりとそれに続く。「だから、従兄《いとこ》だって」

「すごいアフロヘアだなあ」冬馬は僕の後ろに立って、ぼんやりとつぶやいた。

ふたり並んでアムールへ戻ると、店の前に白石《しらいし》が立っていた。

「げ、蟷螂《かまきり》」僕は思わず言った。すっかり忘れていたが、今、彼がアムールへ来るのは何より面倒なことだ。本人のためにもならない。

「カマキリ？」冬馬は興味深げに一歩、前に出る。「あの人の苗字が？」

僕たちに気が付くと、白石は相変わらずのっぺりとした顔をして、首だけを前に出してかくんと会釈をした。平均身長に見える冬馬でも、白石に比べるとかなり小さく見える。僕はそれよりさらに小さい。

「すみません、昼時に。僕は済ませてきましたので、お気になさらず」

真夏の昼、狭い小上がりに男が三人でいるのは非常に暑苦しい。しかも、横にいる白石は、この家の中に芙美の気配を感じ取ろうと懸命で、僕に、なぜ芙美の所在を言わないのかと無言の圧力を、これでもかとかけてくる。

「芙美は、ちょっと風邪で寝てます。これ食べたら髭剃《ひげそ》りはできますけど、会えないですよ」引き下がってくれ、と願いながら、弁当を食べ進める。

「風邪？　お悪いんですか？」白石はぼんやりした眉《まゆ》を不安げに八の字にした。

「ええ、まあ」

冬馬はというと、例のごとく食べることに夢中で、店先で白石と軽く自己紹介をしあったきり、ほとんど口を利いていない。

「そうか。お見舞い、持ってくればよかったですね。果物でも」白石は心底、がっかりした様子で息をついた。

「気を使わないでください。どっちにしろ会えませんし」僕はぴしゃりと言い、タルタルソースのかかったチキンカツを頬張る。

「あの、冬馬さんは芙美さんのご友人なんですよね？　彼女にお会いになりましたか？」

「はい。僕はすごく古い友人なので」冬馬はあっさりと言った。「まあ、特別なんですよ」

天井が低く、店舗部分のエアコンの冷気が軽く届く程度の小上がりがしんとなる。天井がぎぎ、と軋《きし》む。

「特別？」白石はぽかんとし、冬馬を凝視した。線のような目を見開き、冬馬の表情や長めの髪や後頭部の寝癖や、俯いて食事に没頭するさまを観察している。冬馬は白石の視線など気に留めない様子で、黙々と、弁当のほかに買った温泉卵をパックから取り出し、器用に割って、啜るように一気に口に含み、咀嚼《そしゃく》した。

冬馬の言い方に悪意は微塵もない。実際、冬馬は古い友人には違いないし、芙美にとって特別な男だ。僕は白石の青白い顔を横目で見ながら、カツの下に敷いてある、ソースのしみた千切りのキャベツをそろりそろりと口に運んだ。甘酸っぱくじゃりじゃりとしたキャベツは、おいしくもなんともない。

「芙美さんとお付き合いされていたんですか？」白石は今迄《いままで》通りの率直さで、ぽかんとした顔のまま訊ねた。

「はい」冬馬は躊躇うことなく答える。

「ちょっと、喉《のど》渇いたな」なんとなく、言い訳がましくつぶやきながら、空いたグラスを持って立ち上がる。陽《ひ》の当たらない台所は暗く狭いけれど、小上がりからの一時避難には最適だ。

飄々《ひょうひょう》とした態度の冬馬はともかく、大きな身体を折り曲げるようにして首を突き出し、呆然と冬馬を見ている蟷螂はひどく恐ろしい。

宣言通り、グラスに麦茶を注ぎ直し、小上がりの様子を盗み見る。僕からは白石の大きな背中越しに冬馬の顔が見える。ちゃぶ台を挟んだふたりは膠着《こうちゃく》状態だった。冬馬は弁当を食べ終えつつあり、白石はひたすらじっとしている。

「あ、僕もお茶もらえる？」冬馬は僕を見つけ、にこりと笑った。

「はあ」仕方がないのでボトルごと麦茶を持って弁当の前へ戻るが、食欲はすっかり失《う》せてしまっていた。

「芙美さんに会わせてください」白石は小さな目をきょろりと動かして僕を睨《にら》んだ。

この人は、なぜこんなにガッツがあるのだろうか。背が、ものすごく高いからだろうか。もしも僕だったら、すっかりめげて、どんよりと下を向いたまま、ろくに挨拶《あいさつ》もせずに図書館へ帰って行くだろう。それから仕事にならず、帰るころにはくたくたで、夜はシャワーを浴びながらべそをかくかもしれない。

「それは、できません」僕は若干、気圧《けお》されながら答えた。

「一目でいいんです」白石は食い下がった。「お大事にって直接言えれば、それで帰りますから」

芙美のあの姿を、白石に見せるわけにはいかない。衝撃の上塗りになるし、この人が芙美にできることは、今現在、なにひとつないのだ。それに、このことがよそに漏れるのは冬馬もよしとしないだろう。でも、これ以上、芙美本人でもないのに、なんといって彼を拒絶できよう。

「僕が芙美に聞いてきます。白石さんが一目会いたいと言ってるけどどうするか。その返答次第にしてください。それでいいですか？」冬馬は空の弁当の容器のふたを閉め、麦茶をひとくち飲むとすっくと立ち上がった。冬馬はそれまでになく、冷たい表情をしていた。

「はい。お願いします」

結果は見えている。芙美が会わないと言っているとうそぶいて白石を追い返すのだ。

「これじゃあ、疎まれるだけじゃすまないな」白石は短い髪を大きな手でちょこちょこと触った。

「わかっているんですよ。恋をしている自分が気持ち悪いということは」

確かに、白石は、おとなしそうに見えるのに、丁寧な口調とは裏腹に前のめりで、とてもじゃないけれど芙美が好きになりそうな男には見えない。

「でも」僕は、懸命に恋をしている人間を、気持ち悪いとは言えない。そのくらいには、僕も十分に気持ちが悪いことを、日々、もやもやと考え続けている。「でも」

恋をしたら、たぶん、たいていの人間は気持ちが悪くなる。

「どうかしましたか？」白石は俯いたまま尋ねた。

「ちょっと、僕も様子見てきます」言うなり立ち上がり、冬馬を追って二階へ駆け上がる。

冬馬は芙美に、芙美の涙の塊にうずもれるように寄りかかって立っていた。水の中に丸くなって浮かんでいる芙美は、無論、無表情で、この状況に何も意見してはくれない。

「冬馬さん」声をかけにくい背中だった。

「わかってるよ。僕が間違ってる」冬馬はこちらを見ずに言った。「でも、仕方がない。下の彼にこのことを打ち明けられないし、芙美のこの姿も見せられない」

「あの人は、間違っても口外しないと思います。それに、たとえ本人が混乱しても、あれだけ芙美のことが好きなんだから真実が知りたいでしょう。その後どう決着をつけるかは、あの人の問題です」賢い選択をするのなら、無論、白石はこのことを知らないほうがいい。でも、それが本当に正しいかどうかはわからない。

「僕はあの白石という男とは初対面だ、だから信用に足る人物かどうかわからない。それに、優先すべきは芙美とこの症状についてなんだ。よそに漏れる可能性が少しでもある以上、できる限り知られないに越したことはない」

また、膠着状態になった。お互いがお互いの言っていることを理解できるからこそ、立ち止まってしまう。

沈黙を破ったのは冬馬だった。

「それから、言いたくないけど、コンビニのアルバイトは、芙美は辞めるということにしたほうがいい」冬馬は僕の肩を軽く叩き、階段を下りて行った。

僕はその場でコンビニエンスストアに電話をし、店長に芙美の退職の旨を伝え、何度も謝った。店長は芙美の身体のことをとても心配してくれていた。その明るく抑揚のある声が、なんだかよその国の言葉みたいだった。

「美容室、今度お邪魔しますよ！」店長の大きな声。

「はい。ぜひ」アフロヘアのメンテナンスは面倒くさいけれど、望むところだ。

電話を切ったら、階下で冬馬や白石の悲しそうな姿を見なければならない。僕は、気の利いたことひとつ言えず、白石の髭剃りの準備にかかるだろう。芙美が、本当にここから泳いで出てきてくれたら。

意を決して階段を下りると、冬馬は小上がりのちゃぶ台でノートパソコンを開いており、白石はぼんやりと店に立っていた。

「あの、白石さん」声をかけたところで、慰めの言葉など見つからない。

「いいんです。会いたくないと言われると思っていましたよ」白石は静かに言い、店の椅子に腰かけた。

「髭、剃って行かれますか？」僕は努めて普段通りに言った。

「お願いします」

「僕は失礼します。お茶、御馳走様」冬馬は静かに言い、鞄やパソコンを抱えて二階へ引っ込んだ。

「芙美さんは、ああいう男性がお好きなんですね」白石はふっと笑った。

「はあ、そうみたいですね」僕はケープを広げながら答えた。

「なんだか、しっくりきますね。悔しいですが納得してしまいます。どうしてかな」

「やっぱり、そう感じますか」僕も白石につられて、少しだけ笑った。

白石が図書館の仕事を無断欠勤するようになり、近所のどこにも姿をみせなくなってしまったのは、それからすぐのことだった。


芙美が借りっぱなしにしていた本を返却するという「れっきとした理由」を見つけた僕は、小さな図書館のカウンターに白石の姿を探した。

「返却ですか？」親切そうな中年の女性が、僕に声をかけてくれる。

「はい。あの、白石さんはいらっしゃいますか？」僕は黄色いナイロンの手提げを持ち上げながら尋ねた。

「白石さん、ね、もう今日で四日、お休みなんです」女性はてきぱきと袋から六冊の本を取り出し、次々にカードをチェックしていく。

「え、四日？　体調でも崩されたんですか？」

「そう聞いてますけど。あなた、白石さんのお知り合いですか？」女性は軽く溜《た》め息をついた。

「はい、これでぜんぶ。次からは返却期限を守ってくださいね」

「すいませんでした。どうも、お世話様です」僕は小声で答え、足早に図書館を出た。凍《こご》えるほどエアコンのきいた館内から真っ青な空の下に出ると、むっとした空気が息苦しく、途端に汗が噴き出す。

白石がはじめてアムールに来て僕に会ってから、三日も間を開けたことはない。そんな風に通っても、運良く芙美に遭遇できることはなかった。そして、やっと鉢合わせができたその日、芙美は奇病に倒れた。

白石は、芙美の過去の恋人の出現くらいで無断欠勤をするほど折れ曲がるだろうか。芙美があんなに怒って彼を部外者扱いしても、めげずにまた、アムールにやってきたのに。

家に戻り、黄色いナイロンバッグを置きに二階へ上がる。今日は、冬馬が来るのは昼が回ってからの予定だ。

「本、返しておいたよ」一応、芙美に向かって言う。午前十一時から店を開けるのに合わせて、一階は掃除を済ませ、既にエアコンがかけてある。二階は、一階の冷気もまったく届かず、こうして芙美が水に浮かんでいると、熱帯の植物を植えている温室のように思える。芙美を育てる温室。

畳に両脚を伸ばし、水中を揺れる芙美の毛先を見上げる。窓から差す強い日差しが、水に浸って青くなった芙美の肌や目元、唇や爪《つめ》の先を真っ白に照らし出す。温まると、芙美から漂う涙のにおいはぐんと強くなる。

ここのところ、その表面に広範囲にわたって浮かび上がっている葉脈は、触っても出っ張ってはおらず、こうして明るいところで見ると、全体がほんのりと赤みを帯びているのがわかる。

芙美の養分をどこかへ運んでいるのか、それとも、芙美に別の何かを送り込んでいるのか。この水の玉の中で起きているさまざまな生命活動は、僕には計り知れない。冬馬にも、まだわかっていない。

僕には何もできない。

「芙美を元の姿に戻してください」小上がりで、母の遺影に手を合わせる。子供みたいに単純で、少し間抜けな文言だと思う。でも、願い事はこれ以外にない。人の姿に戻りさえすれば、あとのことはどうにでもなる。本当に、そう思っている。

人間のかたちであるだけのことが、これほど危ういことだなんて。

「ねえ、ちょっと、小夏くん」店先から聞こえた声に顔を上げ、出ていくと、冬馬がヘアセット用の椅子に腰かけ、ケープをつけていた。

「何してるんですか？」思わず尋ねる。「今日は、昼食べてから来るって言ってましたよね？」

「僕はまだ、髪を切る気はないんだ」冬馬は鏡越しに僕と目を合わせた。

「知ってますよ」椅子に近づき、ケープをめくってみると、やはり、彼は椅子に縛り付けられていた。「僕、こんなことしてないんだけど」

二度目なので、すぐにこれが夢の中での出来事だと気が付くが、案外、目が覚めない。

「じゃあ、解いてくれるかな」冬馬はにこりと笑った。

「このまま待ってると、また芙美が出てくるんですかね」言いながら、二階へ続く階段に目をやる。「自分で、あそこから這《は》い出してくるかな」

口に出してみると、それはなんだか恐ろしいことのような気がした。あのぬるい水の中で目を覚まし、膜を破って、びしょ濡れで畳の上を這ってくる芙美。

「芙美」呼びかけてみても、二階から返事はない。「芙美!」

僕は冬馬をそのままにして、ひとりで二階へ上がっていった。古くて幅の狭い階段がギシギシと音を立てる。短い廊下を歩かなくても、襖は開けたままだ。僕の部屋に丸くはみ出した水の塊。その内側から膜に触れる白い手のひらが透けて見えた。

「芙美!」慌てて駆け寄ると、芙美はちょうど、両手で葉脈の浮いた膜を摑み、破ろうと引っ張っているところだった。目はきちんと開いてこちらを見ているし、鼻や口からたくさんの気泡が出ている。

「手伝うよ!」僕はすぐに、外側から芙美の手に手を合わせるように、膜に触れようとした。その瞬間、顔に水しぶきが飛んできて、思わず強く目を閉じた。思った以上の水圧に口を開けて話すこともできない。芙美、と心の中で叫んだ。

「芙美!」自分の悲鳴で目が覚めた。

慌てて起き上がり、ポケットの中で鳴っている携帯電話をまさぐって取り出し、耳に当てる。

「は、はい、アムールです」少し、声が上ずっていた。「はい、開店は午前十一時です。ご予約ですか？」急いで時間を確かめる。まだ、午前十一時まで十五分ほどあった。「はい、大丈夫です。では、お待ちしております」

声が漏れるほど息を吐き、カトウさん、カトウさん、十一時、と口の中で繰り返しながら、ちらりと芙美を見て、僕は思わず息を止めた。

「芙美？」

芙美の肌はもともと白かったけれど、そんなものではなかった。ついさっきまで、僕は夢うつつの中で、まだ温かみのある、生きた様子のある芙美の皮膚を、身体を見ていたはずだった。それなのに、芙美の髪も肌も爪も睫《まつげ》毛も、着ていたパジャマも、いつの間にか、向こうが透けて見えそうなほど白く、すっかり色が抜けてしまっている。

汗まみれのシャツが胸元に張り付いたまま、急速に乾き、冷えていく。

「なんだよ、これ」

僕は、テレビで紹介されていた蛇のことを思い出した。それは、真っ白な、目だけが赤い蛇だった。蛇は光る身体をくねらせてゆったりと蛇行していた。テレビの向こうで、それは怒っているように見えた。その土地では、白蛇は神として大事にされていたのだった。

僕は階下へ降りて、店の椅子に腰かけ、しばし呆然とした。

「怒れる神様」僕が、あまりに愚かだからか。

開店直後に訪れた、カトウさんのカットとカラー。鎖骨のあたりまで伸びていた髪を顎《あご》のラインで切りそろえ、白髪染めで全体の色を整え、艶《つや》が出るようにセットする。

カトウさんが笑うたび、目尻《めじり》による深い三本の皺《しわ》。使っている化粧品の、どことなく粉っぽい、甘い香り。

自分で考えて動いているのに、とてもそうは思えない、足元のおぼつかないかんじがする。

僕はさっき、確かに母に手を合わせたのに、芙美は元の姿に戻るどころか、その時間を無理矢理、押し進めていく。いつから夢だったのだろうか。今、このときさえ、芙美が支配している時の中にいるような気がする。

例えば別の時空では、もしかして、冬馬などはじめからいないのではないか。まさか、芙美はあんな姿になっていやしないのではないか。僕と芙美は、気怠い暑さに負けることなく、白石や秋房《あきふさ》の横やりにめげずに、今頃、穏やかに少しずつ、愛し合っているはずではなかったか。

芙美はやがては自信を取り戻し、再び自分で化粧をするようになる。あの手で口紅を塗り、長い黒髪だって僕がブローして、たまにはきれいに巻いてやる。そうしてある日、芙美が言うのだ。長い髪をそろそろ切りたいと。どのくらいの長さで、どんな風にしてやったらいいだろう。僕は、きっと一生懸命に考えるだろう。そういう生ぬるく幸福な現実も、あり得たはずではないのか。

「まだまだ暑いので、お気をつけて。またいらしてください」

日差しは、店先で会釈をする僕の首の後ろに当たると痛いほど強い。顔を上げると少しだけ眩暈《めまい》がして、やはりここが現実だとわかる。僕の想像とはまったく違う現実。

二階へ上がって、もう一度、芙美の姿を確かめようと思ったけれど、できなかった。僕は、大きく姿の変わった芙美のことが怖かったのだ。

店内に戻り、床に散った髪の毛を掃く。

今、僕が目《ま》の当たりにしているはずの世界は、あまりに頓狂《とんきょう》なので、すぐに湿気《しけ》た空気に溶けてしまう。それを防ぐには、どんなに気に食わなくても、冬馬の存在が必要不可欠だった。

冬馬の存在や物言いは、僕に真実を突きつける。そうすれば、頭の中が少しは整理されるのだ。

6

ほら、と冬馬が指差した先は、芙美の頭頂部だった。真っ白な髪の生えた頭に、確かに小さな角のようなものが見える。

「芽が出てる」冬馬はどこかうれしそうに言った。

「芽が出てる？」僕は背伸びしてそれを凝視した。赤い小さなふくらみは、白髪の合間から唐突に生えている。「嘘だろ！」

「何の植物だろう」冬馬はカメラを取り出し、芽生えている部分をズームして何枚か写真を撮った。「変化の過程でメラニン色素がなくなってしまった例も、今までにない。芙美は特例ばっかりだ」

「この中から、どうにか引きずり出せないんですか？」僕は焦《じ》れて言った。「明生おじさんだって言ってたじゃないですか。この水を抜いてか、膜を切って中から芙美を取り出したらだめなんですか？」

「そんなことができるならとっくにやってるよ」冬馬はそれまでと変わらない静かな口調だったけれど、ちらりと僕を見たその目は悲しげで冷たかった。

「どうしてできないんですか。この膜が丈夫なのは触ってわかってます。でも、人の手で破れないことはないはずでしょ。葉脈って言ったって元は人なんだし、芙美の体内の血管だって、まだ動いてるはずですよね」

「だから、その方法が有効ならとっくにやってる。膜が破れる破れないの問題じゃないんだ。成長過程の植物の土を掘り返して根の部分だけ取り去ることを想像してみろ」冬馬は強く言い、目を伏せた。そうすると、髪の毛で顔がほとんど影になってしまう。「自殺行為だよ。現に今まで、そういう方法を試して失敗している。目の前で見たんだ」

部屋はにわかにしんとなった。

「すいません」僕は、慌てず騒がない冬馬が、もしかしたら大して辛《つら》くないのではないかと思っていたことを反省した。それに、少し考えてみればわかりそうなものだ。要するに、今の芙美は植物の種のようなものなのだ。

僕の見る夢は、やはり夢でしかない。芙美はこの中から出てはこられない。

「いや。僕こそ、説明不足だった」

真っ白な芙美は太陽の光を柔らかく受け、そこから伸びた淡い影が畳にぼんやりとしたシルエットを作る。水が揺らいでできる影と重なり合うと、それはそれはきれいだった。しかし、まだ生きているとわかっていても、蠟《ろう》か石鹸《せっけん》のように白く硬そうで、じっと動かず、どこにも温かみの感じられない芙美の姿は、以前より確実に、人間としての死に近づいているように思える。

店の営業を終えたころ、和子おばさんがやってきた。おばさんは新たな芙美の変化に大きなショックを受けたはずだけれど、取り乱したりはしなかった。しかし、少しも納得はしていないだろう。いつも通りの明るく気丈な振る舞いは、生前の母を思い出させた。

「ちゃんと食べてる？　冬馬さん、あなたも。コンビニのお弁当ばっかり食べてちゃだめよ」おばさんは手提げからタッパーを取り出し、ちゃぶ台の上で蓋《ふた》を開けた。「あの、芙美の得意料理。野菜が入ってる甘くないパウンドケーキ、調べて作ってみたのよ」

ケークサレという名前のその料理はフランスのものらしいけれど、食べてみるとやはり、なんだかイタリアンのような味になってしまったとおばさんは笑った。

ナイフでカットしてみると、その断面にはトマトやパプリカやほうれん草が色鮮やかで、ベーコンやチーズも入っている。

「ずいぶんお洒落《しゃれ》なもの作ってたんだなあ」僕はしみじみと言い、小皿に取り分けられたケークサレをフォークで突き刺し、食べはじめた。「あ、本当に全然甘くない。おばさんが言ってた通りピザの味だ」

「これ、お父さんはいやがるのよ。ケーキなのかメシなのかはっきりしないって」和子おばさんはふふふと笑った。

「懐かしいなあ。芙美はあまりものの野菜をぜんぶ混ぜて焼いちゃうから、こんなにきれいじゃなかったけど」

人の淹《い》れてくれた茶は、なぜこんなにおいしいのだろうか。久しぶりに飲む丁寧に作ったアイスティーに感動しながら、僕は、茶色いセミロングの芙美が、わざわざ花柄のエプロンなどをつけて見知らぬ台所に立っている姿を想像した。どこかのショールームみたいにピカピカのシステムキッチンで、芙美は振り向き、微笑《ほほえ》む。包丁であらゆる野菜を刻んで、ケークサレを焼く準備をしているのだ。

「これでよく人参食べさせられたなあ」冬馬がぼそりと言った。「辛かった」

「人参、嫌いなんですか？」僕は自分の横でケークサレを頬張る小ぎれいな佇《たたず》まいの男をまじまじと見た。

「うん。でも、トマトなんかが一緒に入ってると色味が強いし、あらかじめ茹《ゆ》でて小さめに切って混ぜてあると案外わからないんだよね。うっかり食べてから『あ、人参だ！』って気付くんだ。なんだか小さい子供になった気分だったよ」言いながら、ふたきれめに取りかかる。

「はあ、そうですか」僕は呆《あき》れた。冬馬のおかしな様子に呆れたことは今までにもあったけれど、これほどの話はもうないだろう。

「確かに野菜嫌いの子供にはいいかもしれないわね」和子おばさんは妙に感心して頷《うなず》いている。

「芙美もまめまめしいところがあるのよねえ」

芙美の頭に生えてきた芽は、その後、順調に膨らんでいった。赤と濃い緑とがグラデーションになったようなそのさまは特徴的で、冬馬はすぐに、月下美人のものだと特定した。

「月下美人？」少なくとも我が家で育てていたことはない。たぶん、見たこともない。

「あの芽は、葉になるんだ。葉が大きくなると、そのくぼんだ部分からまた芽が出て、それも大きな葉になっていく」

「花の咲かない植物なんですか？」

「いや、ある程度葉が伸びたら、茎も伸びるし、花の芽も出てくるはずだよ。夜にだけ咲く、大きくてにおいの強い、白くて美しい花だよ」

花言葉は『はかない恋』だと、冬馬は言った。それから、「だからなんだっていうこともないけどね」と付け足した。

夜、僕はひとりで二階の畳に寝そべって、なかなか凝視できなかった芙美の真っ白な姿を、改めてじっと見つめた。最近、昼間の芙美は他人のような気がする。夜になって我が家に僕と芙美だけになると、芙美は白くなってしまった四肢の力をふうっと抜いて、僕と同じようにほっとしているように思うのだ。

「ケークサレ、食べたよ。おいしかった」真っ白なその睫毛は、無論、動かない。「芙美、頭から芽が出たりして、痛くないの？」

どこもかしこも、半透明の白いプラスチックのようになってしまった芙美。彼女がこれから月下美人になるなんて、あまりにも滅茶苦茶《めちゃくちゃ》で、まだ信じられない。

「月下美人って、知ってる？　咲いてるの見たことある？」

答えは返ってこないとわかっていても、僕は毎晩、こうして話しかけてしまう。

「花言葉は『はかない恋』だって。言ってくれるよなあ。冗談じゃないよ」

両脚を順番に曲げたり、伸ばしたり、気まぐれに何度か腹筋をしたり、めいっぱい身体を伸ばしながら呻《うめ》いたりする。オレンジ色の部屋の灯《あか》りも、木の天井も、視界の左側に入り込む丸い水の玉に浮かぶ葉脈も、とても静かにそこにある。しかし、葉脈の向こうに揺れて見える白い毛先は、もう以前とは違う。

「芙美、白髪案外似合ってるな。かっこいいよ。なんだか本当に神様みたいだ」

花之枝芙美は今や神様で、元恋人の冬馬は牧師のような風体の学者。神様にとっては、眠りを覚ます王子様かもしれない。そして、神の従兄である僕、雨森《あめのもり》小夏は、単なる町の美容師だ。カリスマでもなんでもない、独り身の男。

畳に敷いた薄い布団には、水色のシーツがかけてある。Tシャツに短パンを穿いた僕は、中の綿がくたくたになった枕に頭をのせ、タオルケットを足元にくしゃくしゃにして、大の字になって眠っていた。

深夜、暑苦しさと衣擦《きぬず》れの音に目を覚ますと、暗がりの中、青白く無機質な腕が伸びてくるのが見えた。

「芙美」大きな驚きや衝撃はなかった。僕は、自分でも知らないうちに、こうして芙美が現れるのを待っていたようだ。

芙美は、かつて僕がそうしたように、馬乗りになって僕を見下ろした。右手は僕の顔の横につき、左手は、僕の右腕を上から押さえつけている。水に濡れた白い髪は月明かりのもとで光を帯び、僕の頬に触れるか触れないかのところまで垂れて、揺れていた。前髪から落ちた雫《しずく》が、僕の額や頬や鼻先に落ちては、つるりと流れていく。僕のシャツの腹部や短パンに、芙美のパジャマが含んでいる水気がじんわりと染みてくる。

重たく濡れた白いシーツが、そのまま人のかたちになって覆いかぶさってきたようだった。じっと見上げても、眉毛すらすっかり白くなってしまった芙美の表情は、ほとんど読み取ることができない。

「芙美」いつも、こうして手の届かなかった芙美に呼びかけてばかりだ。振り向いて僕を見ることはない、月下美人。「右腕、痛いんだけど」

芙美の手は、けっこうな力で僕の右腕を摑んでいた。

彼女が変わってしまうたびに恐怖を感じるけれど、すぐに慣れてしまう。そして、変わった姿でもいいから、僕のもとへ、アムールへ戻ってきてくれないかと考える。夏休みのようにのんびりとしたあの日々を、また一緒に過ごしたい。ふたりで、ゆっくりと死んでいくのでもかまわないから。

「芙美、今、意識あるの？　僕のこと覚えてる？　もう、戻ってこないの」

僕の芙美への気持ちがどういう類《たぐい》のものなのか、どんどん、選《え》り分けにくくなってくる。それが、いいことなのかどうかも、よくわからない。

「芙美に触りたいから、ちょっと離してくれない」右腕にわずかに力を入れ、薄く笑って見せる。灰色の瞳で僕を見ていた芙美は、ゆっくりと左手を浮かせた。

「ありがとう」声にならないほど小さな声で言った。

漂白されてしまったような半袖《はんそで》パジャマが濡れて、その肌に張り付いている。僕は右手を芙美の下から抜き出すと、その華奢《きゃしゃ》な肩に触れた。冷たくびちゃっとした感触。心臓が大きく跳ね、みぞおちが苦しくなる。指先でしっとりとした頰に触れると、薄青い血管が透けているのがわかった。

外気で乾いていく白い髪を搔《か》き分け、後頭部までさすると、小さな角のように硬い新芽に触れた。一瞬、鳥肌が立った。恐怖のためか、興奮したのかわからなかった。でも、僕は、芙美をぐいと引き寄せ、胸に抱いた。

「ごめん、汗掻いてる」小さくてびしょ濡れの芙美は何も答えず、僕の胸の上にぴったりとくっつき、収まった。白く長い髪がTシャツにプリントされた英字の上に広がる。それから先へ進むかどうか、僕はしばらく逡巡《しゅんじゅん》し、そうしているうちに瞼はもったりと重たくなり、やがて意識は途絶えてしまった。

朝、目覚めてから芙美を抱かなかったことを後悔した。横にある水の玉は相変わらずで、その中にいる芙美の姿にも変化は見られなかった。


「いて」いててて。

右腕をおさえてそう言った僕を、冬馬は少しだけ驚いたような顔で見つめた。

「ちょっと、寝違えたみたいで」あまりに怪訝《けげん》な顔をされたので、言い訳がましくそう答え、さすってみせる。まさか夢の中で芙美が摑んだからだとは言えない。

「商売道具なんだから、大事にしなきゃだめだよ」冬馬はにこりと笑い、ノートパソコンに視線を戻した。

「はあ、気をつけます」怪談話みたいに腕に指の痕《あと》は残ったりしていないけれど、湿った白い手のひんやりとした感触ははっきりと思い出せる。

昼食が済むと、なんとなく右腕を触りながら、母の位牌《いはい》に手を合わせ、再び店に立つ。夕方、冬馬が帰ってしまうとホッとして、洗濯機を回し、買ってきた牛丼と缶ビールで夕食を済ませる。シャワーを浴びて楽な服装に着替え、ニュース番組で明日の天候を確かめ、ついでにぼんやりとバラエティ番組を観てしまう。明日も晴れるから、夜のうちに洗濯物を干してしまおう。

「痛いなあ」本当に、寝違えたようだ。右の二の腕のあたりを、いつも疲れたときにするように軽く揉《も》む。

一階の電気をすべて消し、二階へ上がると、僕は適当に畳んで部屋の隅においやってある布団を広げ、狭い部屋の中央に引っ張ってくる。それから、その上に横になって芙美を眺める。水の塊の中、芙美は変わらず丸くなって浮かんでいる。

昨晩のことを思う。綿のようだった頬。僕をまっすぐに見ていた灰色の瞳。目の縁にみっしりと生えた睫毛すら、白かった。

眠りにつく前に、僕は情欲にかられて、誰も見ていやしないのに、わざわざ狭いトイレに隠れて、した。


瞼のきわに、目薬を差したみたいに、冷たい水が滴った。何も言わずに目を開けると、そこにはやはり芙美がいて、僕を見下ろしていた。

「なんとなく、今夜も来るんじゃないかと思ってた」表情の乏しい芙美に言う。「これ、夢なの？　それとも、僕の妄想なのかな」

ほんのわずかに赤みの残った芙美の唇が、物言いたげに動いた。

「芙美。いい？」僕は少し身体を起こすと、やはり摑まれていた右腕をそのまま動かして、濡れたうなじに手をやり、左腕を芙美の背に回して引き寄せた。抵抗なく倒れ込んでくる芙美の、たっぷりと水を含んだ冷たい唇に唇を押し当てる。

なんだか、毎日、少しずつ毒を飲んで、じわじわと死に近づいていくみたいだった。それでも、僕は毒を飲むことをやめられない。

ある昼下がり、冬馬はじっと僕を見て「体調はどう？」と訊ねた。

「え？　僕ですか？　元気ですけど、まあ、ちょっと寝不足かな。それから、みぞおちがスカスカして」本当は、眠っているはずだ。でも、夜ごと芙美に会う、その夢か幻は、あまりに鮮明で、目が覚めたときにはいつもぐったりと疲れている。

「みぞおち？　まあ、夏風邪には気をつけて、不調を感じたら無理しないことだよ」

「はあ、夏風邪」僕は無意識に右腕に触れながら、床掃除を終えた。

「冬馬さん」

「何？」

「本当に感染はしないんですよね？」

「植物化が？　しないよ」

「芙美のこと、元に戻してくれるって、まだ信じてますよ、僕は」

冬馬は悲しそうな顔をして微笑んだ。それから、「ありがとう。励みになる」と小さく言った。

右腕がとても重たい。二の腕の筋が痛いのだと思っていたけれど、今は腕全体がぼんやりと痛く、熱を持っているような気もする。よく見てもかぶれたり腫《は》れたりはしていないし、打撲や虫刺されなどの痕も見当たらない。眠っている間に、本格的に傷めてしまったのだろうか。

「芙美」布団の上に転がって、右腕の様子を調べている僕のもとへ、芙美は音も立てずに這ってきた。「来たのか」

夏の夜の暑苦しく暗い部屋。外からは虫の声がする。月明かりは芙美の姿を青く照らし、滴る水の冷たさがひどく切ない。

「右腕がおかしいんだ」僕はすぐに身体を起こし、芙美の顔を見た。「芙美、芽が大きくなってるじゃないか！」

赤かった硬い芽は、厚みのある濃い緑色の葉へと成長しつつあった。

「芙美」植物になってしまうのか。「どうしよう、芙美」

芙美は白いばかりで、笑いもしなければ泣きもしない。ただ、僕を見ているだけだ。

前触れなく、僕は芙美を抱きしめた。濡れた寝間着に包まれた身体は薄く、青い水のにおいがした。鼻先に白い髪が触れているのが見えて、自分が何を抱いているのか、少しだけわからなくなる。

「芙美は本当にこのまま月下美人になるのか？」尋ねると、芙美の両手が静かに動いて、それぞれ僕の背中に触れた。肯定とも否定ともつかない、そこに意思があるのかすらわからない、ただ柔らかく軽い触り方。

「何か言えよ」抗えず口づけながら、芙美は声を出さないのだろうかと思った。顔を離し、灰色の目を見る。

「冬馬とのときも、そういう風だった？　それとも、もっと情熱的だった？」

芙美は何も言わない。僕は右腕の痛みに顔をしかめ、腕を気にするふりをして芙美から視線を逸《そ》らした。自分が好きな女の子のそんなことを気にするとは思わなかった。

「どうすればいいんだよ」

僕は、その夜も芙美を抱かなかった。

触診をし、レントゲンを撮ったが、異常は見られなかった。

「激しい運動だとか、痛風なんかでも腕が痛いっていうことはあるんだけど、そういうわけではなさそうですし、美容師さんだということだから、単に疲労かもしれません」いまいち要領を得ない整形外科の医師の説明に「はあ」と答える。

「痛み止めを出します。三日様子を見て、まだ痛いようだったらまた来てください」

今日は、実家に戻り、ひとりでアムールを開店してから、はじめて病気で店を休んだ。肘《ひじ》より少し上のあたりに大きな湿布を貼られ、会釈をして診察室を出る。処方箋《しょほうせん》を受け取って、独特のにおいのする天井の低い総合病院を出ると、空はまだまだ青く高く、エアコンで冷えていた全身がいっぺんに温められていく。

「腕はどう？」昼過ぎに現れた冬馬は、半分に切った西瓜《すいか》を提げていた。「これはお見舞い」

湿布はべったりと鬱陶《うっとう》しいだけで、すうすうはするが、今のところほとんど効果を感じられない。

「何にも異常はありませんでした。痛み止めを飲んだら、まあマシなような、そうでもないような」

「台所を借りるよ。西瓜、小夏くんも食べる？」

「はい、じゃあ」冬馬は最近、我が物顔でこの家の中を歩く。しかし、そのことをそれほど不愉快に思ったりはしない。芙美のことをひとりで見届けるには荷が重すぎるけれど、おじさんやおばさんとでは共有しきれない思いが僕の中にあり、特にそのことを詳しく話さなくても感じあえるのが、冬馬だけだからだと思う。

芙美が冬馬を大事にしていたのはいまだに気に入らないけれど、仕方のないことだ。

「右腕が痛む以外に、体調に変わりはないんだろうね？」冬馬は例のごとく、首を前に突き出し、大きく切った西瓜にかぶりついた。

「ないですよ。どうしてですか。僕の体調なんて関係ないでしょう」冬馬は西瓜を皿にのせて運んできたが、スプーンは持ってこなかった。だから、僕も仕方なくそのままかぶりつく。

「小夏くん。僕はね、自分がもし癌《がん》にかかったら、早めに教えてもらいたいと思ってるんだ」冬馬が丸い目を伏せ、西瓜の種を皿に吐き出す。「小夏くんはどう思う?」

「僕は、僕も、早めに教えてもらいたいですけど」それとこれと、なんの関わりがあるのだ。

「本当だね?」冬馬は口元を手のひらで拭い、目を光らせた。

「まさか、冗談でしょ」

その問いで、僕は冬馬の言わんとすることをほとんど理解した。胸がドキドキして、右腕の痛みが強くなってくる気がする。一階はエアコンをつけているのに、額や首の後ろあたりに、にわかに汗を掻きはじめる。

「僕も、植物になるんですか?」

冬馬は丸い目で真《ま》っ直《す》ぐに僕を見た。

「落ち着いて聞いてほしい。僕が見る限り、きみの芙美に対する愛情や執着はとても強い。芙美が本来の姿から遠ざかっていくことは、きみにとっては大きな喪失感の原因になり得る。きみは母親を亡くしたばかりだし、それに」冬馬は静かに深呼吸をした。「それに、僕の見間違いでなければ、きみの右目は、ここ数日、ときどき、おかしな光り方をしてる」

僕は慌てて立ち上がり、店の電気をつけて大きな鏡をじっと覗《のぞ》き込んだ。喉が塞《ふさ》ぎ、息苦しいが足元は不思議としっかりしている。

自らの右目など、化粧をしないし視力も悪くない男である僕は、そうそうじっくり見ることはない。

「小夏くん、落ち着いて。まだ、まだ確かなことは何もない」

「あっ！」冬馬の声を遮るように叫んだ。

右目の瞳孔《どうこう》や虹彩《こうさい》がゆっくりと色を失い、眼球そのものが透き通るように光る。やがて、水色の帯が目の中を泳ぐように回転しはじめる。

「目が。ちゃんと、見えてるのに！」慌てて右目を押さえ、何度か瞬《まばた》きする。顔を上げて再度、鏡を見てみると、目玉は元に戻っていた。「そんな」

何も考えられなかった。だから、返事もできなかった。僕はいつまで、僕でいられるのだろうか。

「僕はまだあきらめないよ」冬馬はきっぱりと言った。

癌は不治の病ではない。しかし、植物化は今のところ、誰にも止められない。

「僕が植物に」畳に座り込み、つぶやく。胸の鼓動は早くても、叫んだり暴れたりする気にはならなかった。ただ、どんよりと苦しかった日々の結果がこの病であるし、こうして僕の辛い気持ちは解決せずに終わる、或《ある》いは草木となって花なり実をつけることが解決であるのかもしれないとも思えた。

植物になってしまうことは、ひとつの解放のかたちなのかもしれない。

「小夏くん。腕はどんな風にどのくらい痛いんだ？　打ち付けたりしてないよね？　できれば詳しく話してくれないか。写真も撮って、ちゃんと調べよう」

「打ったり捻《ひね》ったりはしてません。寝違えたっていうのも、そういう痛みに近かったからそうかなと思っただけで」夜の、芙美とのことを話そうか迷った。あれは単なる連続した夢だけれど、『思い』でかかってしまう病気ならば、関係があるかもしれない。「ただ、腕が痛むなと思いはじめてから、夜、芙美に会っています」

「芙美に会ってるとは？」冬馬は眉根を寄せた。

「夢か幻で、僕が二階で布団敷いて寝てると、芙美が、あの水の玉の中から出てくるんです。真っ白でびしょ濡れのままで、喋《しゃべ》らないから、僕が一方的に話しかけて、その」その体に触れ、何度か、キスをした。それ以上のことはしていないけれど、思い出して、たまに、ひとりでしている。それから、たぶん、そのうちに夢の中で抱く。「まあ、変な夢を見るっていうことです」

「その夢幻《ゆめまぼろし》が小夏くんの身体に影響を与えているというより、そういう像を見るというのも症状のひとつと考えたほうがいいかもしれない。目の様子がおかしくなる。それから、今までにないものを見る」冬馬は再び大きな手の甲でグッと口元を拭った。それから、しばしぼんやりとした。

　おかしな夢や幻を見るなんて、よほどでない限りは、寝不足や疲れや思い込みだと考えてしまうだろう。誰かに話そうだなんて思わない。でも、僕は、この不可解な変化を続ける芙美を目《ま》の当たりにしてきたのだ。提供できる情報はなんでも差し出して、研究が少しでも前に進められればいい。

「芙美の経過を見て、一度、ホテルに戻るよ。小夏くんのこともちゃんと整理しよう。ほかの研究所と連携を取って、もう少しここに留《とど》まるようにする」

「はい。よろしくお願いします」


芙美の頭から生えた赤い芽は大きな葉になって、その葉のくぼんだ所から、さらに新しい芽が出る。その芽も、葉に育つらしい。月下美人。サボテン科クジャクサボテン属の多肉植物。英名は『A Queen of the Night』という。

図鑑の写真を横目で見ながら、狭い館内を見渡す。真昼の図書館には、数人で夏休みの宿題を進めにきた子供たちや受験生が少しいるだけだ。少し向こうには児童書のコーナーがあり、小さな子供を連れた若い母親が、さっきから多く出入りしている。

こんなにのんびりとした時間を過ごすのは久しぶりだ。

「すいません、これ、貸りたいんですけど、このカードでできますか？　従妹《いとこ》のなんですけど」

僕がポケットから取り出したのは、芙美の貸し出しカードだった。油性ペンでしっかりと、花之枝芙美と書かれている。

「うーん、仕方ないですね。じゃあ、こちらに記入してください」受付の中年女性はカードの名前を気にせず、手続きをしてくれた。

「あの、こちらの白石さんの知り合いですか？」女性はじっと僕を見た。「あら、もしかしてこの前にもいらした方？　白石さん、あれからずっと来てませんよ。連絡もなくて、何人かでお宅に様子見に行ったんですけど、いらっしゃいませんでした」

「いなかったんですか？　ずっといなかった？」

「あるじゃないですか、ポストから新聞やダイレクトメールがわっと溢《あふ》れてるって、そういうかんじで」受付の女性は声をひそめた。「中に入ったら、部屋はきれいなんですけど、ベッドにみーっしり、花が咲いてたんですよ」

「花？　部屋の中に、花？」僕もつられて声を小さくする。

「すっごいにおいでしたよ、なんだかやけに大ぶりな、気味の悪いドクダミ。ベッドの上にぼんやり人型になってて。栽培してたのかしら？」女性が首をひねる。

僕は図鑑を抱えたまま戦慄《せんりつ》した。鼓動が早くなり、胸が苦しくなってくる。

白石はドクダミを室内で栽培などしない。白石は、傷心旅行にも出ていない。事件に巻き込まれたわけでもないだろう。彼は、たぶん、ベッドの上でドクダミになってしまったのだ。

「管理人さんも心配してました。もともときちんとした方だったから。結局、あんまりにおうから、ポスト周りとドクダミだけ片付けて帰ってきたんですけど」

「片付けたって、何をしたんですか？」草木を片付ける。例えば、我が家の脇《わき》の枇杷を剪定するように。「そのドクダミを切ったんですか？」

「切るというか、郵便物はまとめて縛って部屋の中に置いて、ドクダミは、管理人さんが捨てておいてくださるっていうので、根を張ってたベッドシーツごと丸めてゴミに出してもらいましたけど」

「ゴミに」植物の枝葉は、燃えるゴミに出す。枇杷の枝も、そうする。

帰り道、僕は図書館近くの公園の木々や、花壇に咲いている花、道に置かれたプランターなどが、かつては人であった可能性を思うと恐ろしくなり、足早にアムールに戻った。

図鑑を持って二階へ上がり、明るい太陽に照らされて浮かんでいる芙美の前に座り込む。

「白石が死んだ。独りでドクダミになって、ゴミに出されたんだ」つまりは、そういうことだ。

「白石が、死んだ」

芙美は太陽のもと、白く光りながら揺れるばかりで、赤い葉脈や水泡の向こう、青々と萌《も》えていく月下美人の葉っぱだけが、健康的に僕のほうを向いていた。

僕たちはつまり、過程はどうあれ、「病死」するのだ。植物になって、きれいな花だの実だのができて枯れていくと考えるとあまり恐ろしく感じないけれど、要は、人でなくなり、結果としては死ぬのだ。

人間としてはまっとうできないということだ。

7

冬馬によく頼んで、和子おばさんや明生おじさんには、僕が変化をはじめたことは言わないで過ごした。幸い、その後、痛み止めは効いて、僕の腕は問題なく動くようになったから、店は開けていた。

僕は今までよりもうんと集中してカットやスタイリングをするようになった。もちろん、それまで手を抜いていたわけではないけれど、指先でつまんだ髪の毛の感触や刃先の滑る音に強い手ごたえがあり、すべての作業が身体に染みわたるように楽しいのだ。それは、自分が長く人間でいられないことを知ったせいで、今を大切に生きようと感じたという大袈裟《おおげさ》なことではなく、もっと単純に、神経が研ぎ澄まされていくような感覚だった。

今の僕には、何に関しても迷いなく選び取って決められる冷静さと判断力が、確かに備わっていた。だから、腕が少しくらい痛んでも、全然、平気だった。

毎日、自分の心の内や夢の中のことや、腕の様子について冬馬に細かく話をした。雨森小夏としての意識がなくなって何らかの植物になってしまう心の準備や覚悟などできない。それでも日々は過ぎていくのだという、ただそれだけだった。

「アムールを少し休んだらどうかな」残暑の厳しい中、長袖のシャツを着て店に立つ僕に、冬馬が言った。「その腕じゃもう鋏《はさみ》を持てないよ。それに、右目のあたり、きみは何も感じていないと思うけど、見る側からするとなかなか痛々しい」

右腕は、だんだんと、痛みよりも痺《しび》れのような感覚のほうが勝るようになってきた。痣《あざ》が広がるみたいに緑色の部分が多くなっていく腕は、左腕の1・5倍ほどに腫れあがっていた。それから、変化が見られた右目の周りの皮膚も、殴られたみたいにほんのりと緑がかっている。痛くも痒くもないし、視力にも問題は感じないけれど、冬馬の言う通り、客の前に立つには、この容姿は少し怖い。

「でも、手先はまだ動くんです。顔は、化粧でなんとか隠せます。それに、今、アムールを休むっていうことは、もう店を畳むっていうことでしょ」やがてはそうなると予想はしていたけれど、実際にそうなってみると、なかなか踏ん切りがつかない。あともう数日は大丈夫ではないかと、いつまでも考えてしまう。「一応、母から継いだ店なんです」

「亡くなったお母様と、美容師の仕事が好きなんだね」

「好きですよ」母を、家業を手伝えると思ってなった職業だった。有名人も多く通う青山の店で、洒落て洗練された人間のふりをするのは苦痛だった。でも、毎日きっちりとヘアメイクをしてアムールに立つ母を尊敬していた。以前は美しくしていた芙美の傷んだ髪が艶やかになっていく様子を見るのがうれしかった。

僕は美容師だ。

「アムールを閉店するのなら、ひとつ条件があります」僕は、その判断を冬馬に押し付けることにした。

「僕？　何？」

「冬馬さんの髪を切らせてください」どちらになっても、もうしようがない。手先は動くと言ったけれど、もうじきに、指先まで痺れがやってくるとわかっていた。ただ、悪あがきをしていただけなのだ。

「なるほど。わかった。どうせ切るなら、きみに頼もうと思ってた」冬馬は呆れたように息をついたが、微笑んでくれた。

冬馬が店の椅子に腰かけ、僕がケープをかけると、いつかの夢みたいに、芙美が二階から降りてくるような気がした。

「縄がないな」ぼそりと言う。

「縄？　冗談だろ？　逃げ出したりしないよ」冬馬は笑った。

僕は腫れた右腕で鋏をぎゅっと持ち、冬馬のぼさぼさ頭をどうするか考えた。

「乾かすだけでどうにかなる髪型に頼むよ、あんまり、その、凝ったスタイルは困る」冬馬はどこか気恥ずかしそうに言った。

「なんだ、残念だな。パーマかけて襟足は刈り上げて、フロントはアシンメトリーにして、ちょっと明るめのカラーを入れたかったのに」僕はうそぶいて笑った。

すっかり目元が隠れている前髪と首にまとわりつく襟足の髪を切り、重たすぎるフロントを思い切りすっきりとさせ、収まりが悪くならない程度に全体を軽くする。動きが出るようにカットして、スタイリング剤をつけなくても格好がつくようにする。

僕は夢中で手を動かしながら、芙美の髪のことを思い出した。あの真っ白い髪も、スタイリングしてみたかった。目元は赤みの強いピンクでラインを引き、目尻よりにごく淡くアイシャドウを入れて、白い睫毛にはシルバーの細かなラメだけをたっぷりとのせる。唇は白くつぶして、パールでわずかに光らせる。或いは、瞼にラベンダーをのせ、睫毛を濃いブルーにして、頬や口元をほんのり上気したようなピンクに染める。赤い口紅だけを塗るのもいいだろう。

なぜだか、今ならいくらでもアイデアが浮かんでくるような気がする。冬馬だって、あっという間に今までよりうんと男前に見えてしまう、素晴らしい出来上がりだ。

「冬馬さんの凛々《りり》しい眉は、見せたほうがいい。額も、丸出しでもおかしくないですよ」

「そうかな。すごいゲジ眉だ」冬馬はしかし、鏡の中の自分を見て笑った。「でも、悪くないよ。本当に。ありがとう」

「こちらこそ、ありがとうございました」もう、鋏を持たない。「乾かしますね」

母が亡くなってしばらく経《た》ってから母への愛を痛感したように、今、僕はこの仕事を人生で一番、楽しんでいる。

芙美の頭の芽から生えた葉は順調に成長し、そのくぼみからは次々と新しい芽が出て、そのうちの三つは葉になり、ひとつは太い茎になっていった。まだ涙の膜の中で伸びるその茎は、傷ひとつない美しい緑色で、やがて枝分かれしはじめた。すると、それにつれ、芙美を中心とした涙の塊は、少しずつその膜を柔らかくし、球を小さく縮めていった

僕は右手の皮膚がほとんど樹木のそれのように茶色くささくれ立ってしまい、日常生活にも支障をきたすようになってきていた。洋服に袖を通すのも一苦労で、近所に買い物に行くのにも、かなりゆったりした長袖の服を着て隠さなければならない。そのせいで、芙美の様子を見に頻繁に訪れる明生おじさんや和子おばさんには、あっという間に「病状」が知られてしまった。

冬馬との約束通りアムールを閉め、日々のほとんどを、芙美の植物としての成長を見守ることに費やし、冬馬がやってくると、自分の身体について気付いたことを事細かに話したり、右腕の写真を撮られたりする。

薄暗い店舗部分、道路に面したガラス張りの壁には、内側から休業の知らせの貼り紙をした。

『お知らせ　お客様へ　いつもアムールのご利用ありがとうございます。誠に勝手ながら、しばらくのあいだ休業させていただきます。どうぞご理解いただきますよう、よろしくお願いします。』

簡単な文章だけれど、書くのには大分手間取った。本当は閉店であるし、チラシで説明できる

事情ではない。それに何より、店を閉めたくなかった。

健康上の問題とはいえ、母に申し訳なくて悲しかった。身辺を整理するというほど社会的な責任を担っている身分ではないし、大きなものも持っていない。でも、この店だけは違うのだ。アムールだけは、母からきちんと受け継いだ、唯一絶対の、重大な、かたちあるものだったのだ。

遺影と位牌に手を合わせ、じっと目を閉じる。世の中には、神頼みではどうにもならないことのほうが多い。それでも祈った。

毎日、早起きは相変わらずだけれど、急いで起き上がらずに、萎《しぼ》んでいく芙美の膜に寄り添う。だんだん、中心にいる芙美の身体に近づいていける。葉脈に触れたり、ぼんやり考え事をしたり、芙美の白い鼻先を見たりしているうちに、時間はあっという間に過ぎていく。

「そろそろ冬馬が来るな。鍵《かぎ》開けておくか」ゆっくりと身体を起こし、着替えを済ませ、一階に降りる。僕は、二キロほど痩《や》せた。前にも増して、食に対する興味が失《う》せたのだ。冬馬はそのことが植物化の症状と関連があるかどうか調べていたけれど、単に、気力の問題だと思う。

僕は今の自分が何者なのか、さっぱりわからないのだ。

ブラインドを下ろしたままの店のドアの鍵を内側から開けたのとほぼ同時に、携帯電話が鳴った。

「来ちゃった」

表示された名前も見ずに電話に出た僕に、秋房は開口一番、明るい声でそう言った。

「え、秋房？　今、どこにいるの？」

「駅前。そろそろ開店時間でしょ？　また手伝おうかなーと思って」

駅まで来ているものを追い返せない。体調が悪いと話してもいいけれど、そうしたらますます手伝うと言い募るかもしれない。彼女を芙美に会わせるわけにはいかない。僕の姿だって、腕や首や、右目の周りの変色を見たら仰天するだろう。

「そうか。あの、連絡しようと思ってたんだけど、実は、ちょっと事情があって店閉めたんだ」

僕は一息に言った。

「は？　え？　閉店、したってこと？　どうして？」秋房はどうやら、話しながら歩いているようだった。いつもの茶色いブーツの踵《かかと》が、アスファルトに叩きつけられる軽い音がかすかに聞こえる。

「また別の店で働きたくなったとか？　それとも、経営の問題？」

「違うんだ。ちょっと、腕の調子が悪くてさ」秋房に驚かれるのが怖かった。僕が芙美の変化の過程で何度か恐怖を感じたように、秋房も僕の右腕を怖がるかもしれない。他人に怖がられるのはいやだ。

「怪我《けが》？」秋房の声が低く、暗くなった。

「病気」僕はぼそりと答えた。

電話の向こう、秋房は走り出した。荒い息遣いが耳に響く。

「どうして言ってくれなかったの？　どんな病気？」

冬馬が早く来ればいいと思った。飄々としていて、よく笑うあの男が、この夏、たぶん最後の西瓜を持って現れれば、秋房と僕のあいだの大きなクッションになる。それに、西瓜を食べたかった。わずかに指先でスプーンを持ち、がんばって種を取り除き、赤く瑞々《みずみず》しい果実を丁寧に掬《すく》って。考えることを、一時的にやめるために。

「秋房、来てもらっても、僕」何も話せないし、何も求められない。

「もう、ついたよ」息を切らした秋房が、途切れ途切れに言う。

急いた様子でアムールのドアを開けた秋房は、僕を見て、化粧で大きく見える瞳をいっそう大きく見開いた。

「小夏くん、どうしたの、その顔！　まさか喧嘩《けんか》じゃないよね。痣？　病気で？」濃紺に黄色い小さな星が散りばめられた模様のカットソーに、黒いレザーのミニスカート。ベージュだった髪の毛の先だけ、強いオレンジ色に染めている。

「これは、ちょっと肌が荒れちゃって。大したことないよ」僕は右目の周りを押さえて俯いた。

「秋房も、その髪なかなか尖《とが》ってるね。オレンジゼリーみたい」

「これはちょっと、練習。それより、腕の病気ってどういうものなの？　そんな、顔の皮膚にも出ちゃうものなの？」エアコンをつけておらず、当然、客もいない、薄暗い店内を見回し、秋房は「本当に閉めちゃったんだ」とつぶやいた。

「腕というか、身体全体の病気なんだけど。僕はたまたま、腕あたりから発症したみたいな」

「痛むの？」秋房は不安そうに僕に近寄ってきた。いつもの香水のにおいがする。強い紫のアイラインに同じ色のマスカラ。橙《だいだい》の頬も大きなラメ入りのグロスで艶めく唇も、とても健康そうで、すべてが色鮮やかだ。けばけばしいけれど、秋房にはそれがよく似合っている。

「いや、今はそうでもない。動かしにくいけど。鋏も、持てないことはないんだけどさ、お客さんになんかあったら大変だから」なんてことなさそうに話そうと思っていたけれど、案外うまくいかず、僕は少し下を向き、苦笑しながら話した。「まあ、母親が亡くなってからバタバタしてて、ずっとまともに休んでなかったし、ちょうどいいというか」

「なにそれ」秋房が俯くと、髪や睫毛や瞼や、いろんなところがちらちらと光る。

外からのわずかな光が、ブラインドを通って、物音のしない店の中をぼんやりと縞模様に照らす。この時間、外の細い道路を通るのは、犬の散歩をする年寄りや、自転車に乗った主婦くらいだ。かすかに聞こえる虫の声も、ときおり吹く強い風が木々を揺らす音も、店の中の静けさをどんどん鮮明にする。

僕ひとりで、芙美を見つめたり冬馬がやってきたりしながら暮らしているときとは、漂う空気がまるで違う。その良し悪し《あ》は別にして、秋房はやはり、我が家にとってはイレギュラーな存在だ。

「早く言ってくれれば、私、もうちょっと手伝えたのに」少し責めるような口調で僕を見上げた秋房は、涙目になっていた。

「秋房、泣くとカラコン、ズレるよ」言ったとたん、左肩を軽くぶたれた。こんな反応が帰ってくるとは思わなかった僕は、少しだけ動揺していた。

「従妹さんは？　バイト？」秋房は鏡を見て、前髪を整え、ついでのように目元の涙を指先で拭った。

「ああ、芙美。芙美は、家に戻ったんだ。実家に」僕は右腕をさすりながら小上がりへ行き、台所へ向かった。今の表情を見られたくなかった。「麦茶と珈琲、どっちがいい？　牛乳もあるけど」

「なんでもいいよ、私やろうか？」秋房は遠慮なく畳に上がり、台所へ顔を出した。

「大丈夫、座ってて。あ、おばさんにもらった紅茶もある。紅茶にするか」

「芙美さん、小夏くんが病気になったのに実家に戻っちゃったの？」声の底の底に、ほんのわずかに非難がましい響きが混ざる。

「あー。芙美が実家に戻ってから病気になったから、心配かけると思って言ってないんだ」僕は勘の鋭い秋房に中途半端な説明をしたことを悔いた。この調子で問答が繰り返されると、どんどん辻褄《つじつま》が合わなくなっていくに違いない。「そんなに重病でもないしさ」

「お店閉めるくらいなのに？」

「大事をとったんだってば。本当、お客様に何かあってからじゃ遅いから」やかんを火にかけ、細やかには動かない右の指先でコンロのつまみを捻《ひね》る。

冬馬は、まだ来ないのか。

珍しく淹れた温かい紅茶は、身体全体に染みわたるようにおいしかった。啜っていると気持ちが落ち着いて、秋房がとにかく僕を心配していることと、僕は秋房に恐ろしい事実を知らせるべきでないと考えていることがすっきりと頭の中で整頓された。

ちゃぶ台を挟んで、秋房は怪訝そうに僕を見ている。

「なんだよ。そんなに顔色ひどい？」

「腕見せて」長袖のTシャツの袖を右だけ指先まで引っ張るように伸ばしていた僕に、秋房は言った。「びっくりして騒いだりしないから、どうなってるのか見せて」

「見せられないよ。騒がれるとかじゃなくて、秋房に見てほしくないんだ」二の腕から肘にかけての不自然な盛り上がり。袖で隠した手の甲までも、既に茶色い木の肌が覗いている。僕はそう遠くないうちに人間でなくなるのだ。遺体も残らず、芙美と一緒に実って、枯れて、消えてしまう。

「ねえ。怖い病気なの？」秋房は身を乗り出し、真面目《まじめ》くさって聞いた。

「秋房が想像してるようなのじゃないよ」僕も真面目に答えた。

「死なないよね？」

「それは」厳密には、この病気で『死ぬ』わけではない。身体が植物に変わってしまうのだ。しかし、その後、白石のようにうっかり処分されてしまったり、順調に植物として成長すれば、やがては朽ち果てる。そういう意味では死ぬ。でも、植物として枯れた先の死は、人間としての死とは、どこか違う。

「なんで黙るの？」乾いていた秋房の瞳が、再び潤《うる》みはじめる。

「人は誰でもいつか死ぬだろ」

秋房は眉根を寄せた。

「おはよう」ごく自然な挨拶とともに、冬馬はアムールのドアを開けて中へ入ってきた。西瓜は持っていないようだった。「芙美の成長がちょっと早くなってきてるし、小夏くんの様子も見たいので今日は早めに。お客様？」

「成長？」秋房は耳ざとく冬馬の言葉を拾い、小上がりから顔を出した。「どなた？」

「おはようございます。小夏くんのお知り合いですか？」冬馬は相変わらず、僕以外の他人には敬語を使う。

「秋房、彼は冬馬さん。僕の、まあ、今は主治医みたいなもの」僕は特別、慌てなかった。冬馬は察しがいい。彼がいたほうが、何事も話が早いはずだ。

「主治医が往診に来るほど悪いの？」秋房が大袈裟な声を出す。

「いや、秋房さん、でしたっけ？　僕は以前から彼の従妹の知り合いなんです。だからこうして特別に来ているだけですよ。芙美は心配性なんでね」冬馬は顔色ひとつ変えず、にこやかに嘘をつく。今日も、白いワイシャツ、黒いジャケットに黒いパンツ。ただ、髪型だけがずいぶん短くすっきりとして、かたちのいい額としっかりした眉が見えている。『丸出し』スタイルだ。

「芙美さんの知り合い？　でも、芙美さんは小夏くんの病気のこと知らないんでしょ？」秋房が僕に尋ねる。

「あれ？　芙美をご存知なんですか？」冬馬はいっそうにこやかに言う。「奇遇だなあ」

こうなれば、冬馬はいかにも楽しげに喋りまくり、持ち前の気質の良さで秋房の信頼を得るだろう。

僕は密《ひそ》かに安堵《あんど》の息をついた。もう少しつつかれたら、すべてを打ち明けてしまうところだった。

「いえ、ちょっと会ったことあるだけですけど」

「確かに小夏くんは芙美に病気のことを隠してることになってます。でも、芙美も勘付いていたんですよ。だから、友人である僕に彼のことを頼むと、そういうわけで定期的にここに来ています。おかしいですか？」

「回りくどい人ね、芙美さんて」

「親戚《しんせき》同士っていうのは、複雑なものですよ。ねえ、小夏くん」冬馬は悪びれずに言った。

「そうですね。本当、ややこしい」力技の辻褄合わせに苦笑する。しかし、助かった。

「ふうん」秋房もここまで言われて疑う理由はないだろう。

芙美も、かつてこの男の人当たりの良さに感心したのだろうか。他愛ない話で盛り上がり、いつの間にか信用して、やがて愛したのか。背は高いけれど、こんな、いつも同じような服しか着ない、髪がぼさぼさだった男のどこが良かったのだろう。僕が見る限りでは、金も権力も、それほど持っている様子ではないのに。

このことは、何度となく考える。ゲジ眉とかたちのいい額に丸い目の顔が良かったのか、この、楽天的でふわふわした性格が良かったのか。一見、淡白そうに見えるけれど、もしかしたらものすごくセックスがうまいのかもしれない。そのようにいくつも挙げるうち、僕が勝てそうなところはあるだろうかと思いはじめる。

背丈、着ているものの質の良さ、信念や頭の良さ。

既に納得してはいても、ときどき思い出したようにふつふつと腹が立ってくる。僕はなぜ、こんなにも長く冬馬と過ごさねばならないのか。

「試したら、案外、僕のほうが良かったかもしれないのに」

二階で浮かんでいる、水草のような真っ白な芙美が、僕が強く意識していた芙美と同じ人物だと言うことが、最近、ピンとこないことがある。それでも夜になれば、月明かりのもと、芙美はたびたび僕の布団に這ってきて、僕を見下ろす。僕は芙美に語りかけ、くちづける。僕の頬に、芙美の前髪から涙の雫が垂れ落ちる。

「小夏くん、手伝えることは何でも言ってね。買い物でも留守番でも、なんでも。やっぱり右腕庇《かば》って動いてるように見えるし」秋房はできる限り気軽な調子で笑って見せ、首をかしげた。オレンジ色の髪が揺れる。

「ありがとう。大丈夫だよ」無理矢理に口角を上げる。

病床での母は、ありがとうも大丈夫も、もっと笑顔で言っていたと思う。僕よりも気楽そうにベッドの上に座って、派手な老眼鏡をかけて雑誌や新聞や小説を読んでいた。その唇には、口紅が欠かせなかった。僕は、そういう明るい病人にはなれそうにない。

「芙美」だいぶ萎《しお》れつつある芙美の周囲を取り巻く水の塊は、柔らかくたわんでいて、触ると耳たぶのように気持ちがいい。

葉脈がびっしりと浮かび上がり、白い芙美の身体の全容は見えない。でも、僕にはそれが、良かったことのように思える。今や、芙美の顔の半分は白から赤に、赤から緑色に変わり、しっかりとした茎を伸ばしている。茎は膜を破って部屋の中に突き出し、分厚い葉は次々と芽を出して、天井めがけて広がっている。

芙美はもう半分以上、植物になっているのだ。

「できないことだらけになってきたよ。芙美と違ってまだ動けるのに、いろんなことに全然自信が持てないんだ。アムールを閉めたからかもしれない」僕は、自分から「美容師」という肩書きをとったら、何も残らないと思っている。そして、実際その通りになっている。家があるから、多少、貯金があるから生きているだけ。もう、芙美の長すぎる白い髪を切りそろえることも、その肌に血色を持たせることもできない。一張羅のジャケットも、今後、着ることはないだろう。

「やっぱり怖い。植物になって死ぬのが。それに、毒キノコとか食虫植物になったらどうしようかと思って」無理な冗談をひとりごちて、少しだけ笑う。「秋房も、おじさんもおばさんもいろいろ気遣ってくれて、なんだか母親が亡くなったばかりのときのこと思い出すよ」

芙美を抱きたいと思った。唇では足りない。涙に濡れて冷えた身体でも、抱きしめればきっとその芯《しん》は温かいに違いない。相手がもう、人でなくてもいい。僕だってじきに、そうなるのだ。

「芙美。今夜も待ってるから。僕には芙美が必要だから」

芙美のことを愛しているのかどうか。芙美が僕にそう訊ねたとき、僕が答えられなかったのは、まだ芙美を愛していなかったからでも、愛しているかどうかわからなかったからでもない。ただ、恐ろしかったのだ。僕が芙美を愛しているということがくっきりとした現実になったら、自分だけが傷つき、変わってしまうと思った。

冬馬は、僕たちは愛し合っていたとはっきりと口にした。怯《おび》えるだけの子供だった僕とは違う。たぶん、そういうところが、芙美に選ばれたのだろう。

びしょ濡れの芙美の、透き通るような白い手は、僕の淡い緑色の肌に触れると水のように馴染《なじ》み、その温度を感じる暇もなくぴったりと吸い付いた。汗を掻いていた僕のシャツにも、その下のシーツにも、芙美がたっぷりと含んでいた涙がうつり、染みこんでじわりと濡れていく。

まだちゃんと僕のままの左手で、ひんやりとした芙美の、銀糸のような髪を指に巻きつけてみる。薄暗い部屋の中で、それは発光しているみたいに見える。

「愛してるよ」ずっと、子供のままでいたかったわけじゃない。

芙美は薄く口を開いたが、やはり何も言わなかった。代わりに睫毛の先から絶え間なく水を滴らせながら、Tシャツを着た胸元に顔をうずめた。芙美からはほんのりと、涙の塩からいにおいがする。

「こんな手で、芙美を抱けるかな」右腕を持ち上げて体勢を変えようと思っても、思う通りに動かない。腕と呼んでいいものかどうかも、もう、わからないのだ。左手で芙美の髪を撫で、背中に手をやり、濡れたパジャマ越しに、ほんのりと内側から温かい肌の感触を確かめる。

右腕が痛いのは、きっと成長痛のようなものだ。闇の中、腕の皮膚がめきめきと音を立て、木に姿を変えて伸びていく。まだらに横向きのすじが入ったその表面を見て、僕は自分が枇杷の木になるのじゃないかと思った。

芙美は静かに顔を上げ、青い血管が透けて見せる頰を動かして、ほんの少しだけ笑った。

不意に、僕の右目からつるりと涙が零《こぼ》れ落ちると、芙美は静かに顔を近づけて、頰の涙を唇で吸い取った。すると、みぞおちが抉《えぐ》られるように苦しくなって、僕は思い切って身体を起こし、首をかしげた芙美を左腕で強く抱きしめた。

みぞおちはスカスカのままだ。

右腕は太く、硬い幹になって畳の上を這いながら伸びていき、やがてそのたくさんの枝に茂った緑は、僕と芙美を包むように、すっかり覆い隠してしまった。僕らは色の濃く大きな枇杷の葉の中で、できる限りのことを、一生懸命した。

夢なのか、幻なのか、現実なのか、最後までわからないままだった。

翌朝、目覚めると、僕は汗だくで畳に転がって、疲れ切っていた。起き上がる前に、深く息をしながら、ゆっくりと右腕を見やる。手先や肘や二の腕、そこから続く首筋にまで、痛みや痺れこそあったものの、まだ大まかには人のかたちを保っていることが確認できた。太い枇杷の枝も葉も、畳にはまるで残されていない。

「やっぱり夢」

汗ばんだ右腕をさすりながら芙美を見て、僕は絶句した。慌てて枕元の携帯電話を手に取り、時間も確かめずに冬馬に電話を掛ける。

「はい、もしもし」いかにも眠そうな重たい声だった。

「芙美が」僕はここまで言って、吸いすぎていた息を意識して吐き出した。「芙美の身体が、もう半分も見えてない！　たった一晩で、水で膨らんでた部分がすっかり萎んで苗木みたいになってる！」

「わかった、すぐに行くから待ってて」冬馬は返事を待たずに電話を切った。

「芙美」涙を包んでパンと張っていた大きな丸い透明の球は、今や皺が寄り、くしゃくしゃになったビニール袋が芙美の身体にまとわりついているように見える。その体は体育座りのような格好で畳よりわずかに浮いているだけで、半身に月下美人の根が絡み付いているのが見える。真っ白な肌も髪も、変わらず瑞々しいまま、目を閉じた芙美は、少し首を傾けてじっとしている。

「芙美。芙美！」

余計な膜を剝《は》がせるだろうかと思って手を伸ばしたが、下手《へた》なことをすれば中の芙美にも影響があるかもしれない。

僕は冬馬を待つ間、ベランダに干したままだったタオルで汗を拭き、エアコンをつけて着替えた。喉はカラカラだったけれど、食欲はまったくなかった。

「小夏くん、冬馬だ！　小夏くん！」

十数分後、階下から冬馬の声がした。自分の膝頭に顔を押し付けるようにして丸くなって座っていた僕は、慌てて立ち上がり、階段を下りた。

鍵を開けると、冬馬は息を切らしてアムールに入ってきた。

「おはよう、小夏くん。芙美は？」

「どうもすいません、まだ七時過ぎなのに、動転してしまって」

冬馬は鞄から取り出した黒いギンガムチェックのハンカチで額の汗を拭いながら、僕より先に階段を上がりはじめた。僕は思わず冬馬を呼び出しはしたけれど、いよいよ、もう、どうにもならないのではないかと思いはじめていた。その程度には、冷静さを取り戻していた。

「萎れて弱った膜が破れて、内容物が畳に零れたあとがある。葉脈が機能していると思うからこの膜は剥がせないけど」冬馬は言いながら、芙美の顔の近くの膜に両手で触れ、そうっと掻き分けるようにした。

「あ」

膜がどこかで切れていたのだろう。あいだからつるりと、ゆで卵の殻をむいたみたいに、芙美の顔が現れた。濡れた前髪が真っ白な額に張り付き、閉じた瞼を縁取る睫毛に水滴がのって朝露のように光っている。しかし、顔面の半分から首、身体にかけて、茶色に近い緑色の根がしっかりと巻きつくように張っていて、人のかたちはしているのに、人間だとは感じられない。寝間着の上から巻きついた根は、そのまま芙美の皮膚に食い込み、身体をのっとってしまっているように見える。でも、食い込んでいったのではなく、芙美から生えたのだ。

昨日の夜に僕が触れた芙美も、間違いなく芙美ではあったけれど、もはや人ではなかった。

「小夏くん、ほら。花の蕾《つぼみ》があんなに」

冬馬の示した天井近くには、五つも六つも、赤い弁に守られるように膨らんだ白い花の蕾がついていた。図鑑で見た写真と実際に見るものとでは、やはり少し印象が違う。大ぶりの蕾はどれもこちらに首をもたげていて、既に、ほのかに甘く香っているようだ。

「これだけ蕾が膨らんでいれば、いつ咲いてもおかしくない」

「夜に咲くんですよね」

「僕も月下美人が実際に咲いているのは見たことがないからよくわからないんだけど、この様子だと、芙美のご両親には、今日の午後六時くらいにはここにいてもらったほうがいいだろうね」

「すぐ、連絡します」

「月下美人が」と冬馬は言うけれど、これは芙美である。本来は、いつ咲くも咲かないもない。どんなに白く透き通り、目を閉じたまま動かなくても、人ではなくても、まだ「芙美」だ。

「小夏くん、きみの右腕はどう？」

「痛むけど、それほどでは。少なくとも一晩で急成長はしてないみたいです」夢では、逆だった。僕は枇杷としてすっかり生い茂っていき、その中で芙美と抱き合っていた。畳にぐるぐると枝を伸ばし、最後には身体が枇杷の幹に飲み込まれて消えるのだと思われた。それでも、幸福な気持ちだった。

「わかった」冬馬は真面目くさって僕を見た。

冬馬はひとまず小上がりで、鞄から取り出した菓子パン五つと、うちの台所で勝手に入れた珈琲で朝食を摂りはじめた。行儀悪くその傍らでノートパソコンを開き、なにやら打ち込んでいる。

花之枝家に電話をする前に、落ち着いて話せるようにと、母の位牌に手を合わせた。目を閉じてじっとしていると、昨晩のことが思い出されて頭の中が甘ったるい吐息でいっぱいになってしまう。しかし、今日、これから起こるであろう出来事は、手を伸ばさなくとも向こうからどんどん向かってくるし、その現実を受け止めれば、僕もおじさんもおばさんも間違いなく傷つく。それが怖かった。

ここまできてもまだ、僕には芙美を失う覚悟ができない。

頭上の月下美人が花を咲かせても、芙美はあの姿を保っていられるのだろうか。芙美の肉体が枯れて朽ち果てるとき、僕はそれを見なければならない。例えば皮膚が土色になってがさがさとくずれていく様子や、真っ白な髪が乾き、うねって煤《すす》けていく様子。そんなことに耐えられるのだろうか。

母を棺《ひつぎ》に納め、花を敷き詰め、やけに広い斎場を、遺骨を抱えてしずしずと歩いたときのことを思う。形骸化《けいがいか》したあの式にどれほどの意義があったのかはわからないけれど、僕が芙美を送るのならば、少しはあんな風に、きれいにしてやりたかった。

「和子おばさん、そんなに泣かないで」電話の向こうでしゃくりあげるおばさんの声を聞き、僕は大きく動揺した。それでも、おばさんは大事なことを話すたびに「ええ」とか「はい」と返事をした。

この『死』に、和子おばさんは相当な実感を抱《いだ》いているようだ。たびたび様子を見に来ていたし、想像力の豊かな人だからだろう。それは、おじさんだって同じだ。一番、現実かどうかあやふやなままでいるのは僕かもしれない。

「小夏くんはどうなの？　大丈夫？」和子おばさんは鼻を啜りながら尋ねた。

「大丈夫。大丈夫だよ」大丈夫なのではなく、わかっていないだけかもしれない。

和子おばさんは、会社帰りの明生おじさんと一緒に、夕方にはこちらに来るようだ。僕は受話器を置くと、大きく息をついた。

「申し訳ない。こうして手をこまねいているだけなのは、すごく情けないよ」冬馬は目を伏せ、静かに言いながら、五つ目の菓子パンの袋を勢い良く開けた。

「ちょっと起き抜けのままなんで、シャワー浴びてきます」そんなことありません。とは、とてもじゃないけれど言えなかった。何せ、僕も芙美と同じ病を患《わずら》っているのだ。喪失と孤独にさいなまれた挙句、肉体が人間であることをやめてしまう、その渦中にいるのだ。現実味のない話でも、実際にそうなのだ。謝られても、それに腹を立てて冬馬を責めても、どうしようもない。

めいっぱい蛇口を捻り、頭からざあざあと熱いシャワーを浴びる。その湯気と音に隠れて、僕は少しだけ泣いた。

8

まだたっぷりと水分を含んでふやけている芙美の顔の、きれいに見えている半分を、ふき取り化粧水を含ませたコットンで丁寧に撫でていく。もう半分は、目元こそ見えているものの、額にも頬にも月下美人の根がつたい、ほとんど同化してしまっている。

「思ったより皮膚は薄くなってないみたいだ。よかった」きめの細かい和紙のような芙美の頬や額に、手のひらで温めた乳液をほんの少しだけなじませる。

頭の中で何度も思い描いていた芙美のためのメイクプランは、実際に施すにはどれも派手すぎる気がして、僕はしばらく芙美の肌を見ながら考えた。

白すぎる肌に下地やファンデーションは塗れない。白い糸のような睫毛に色のついたマスカラを塗るのも、もったいないような気がして憚《はばか》られるし、唇も、手を加えると質感が損なわれる気がする。

僕は茶色くがさがさとした木の皮になってしまった右手のほんの指先でビューラーを持ち、芙美の睫毛を軽く上げ、透明マスカラを塗って艶を出した。それから、母の鏡台にあったプラムレッドの口紅を左手の指に取り、唇にぼかすように塗った。瞼に白いパールの入ったアイシャドウをごく薄く塗り、最後に、睫毛に少しだけ、星屑《ほしくず》のように細かな銀色のラメをのせた。

「これが今の僕の限界」

芙美はもちろん、うれしそうにも悲しそうにもしなかった。ただ畳に座り込んで少し下を向いて、真っ白になって半身から月下美人を生やしている。

「すごくきれいだよ」ひっそりと耳元でささやく。

大きなメイクボックスを広げたのに、結局、ほとんど使わなかった。

僕は階段のほうを見やって冬馬の気配がないことを確かめると、素早く芙美にくちづけた。夜に会う芙美とは全然違う、冷たい唇だった。まるで、死んでいるみたいに。顔を離すと、自分の頬を伝った涙を拭い、芙美の口紅を直した。それから、Tシャツの裾で自分の唇についたであろう赤い口紅を拭き取る。

「冬馬さん、もういいですよ！　できました！」階段のそばまで小走りで行き、一階の小上がりにいるはずの冬馬に声をかける。

「よかった。ちょうど芙美のご両親がいらっしゃったところだよ！」冬馬は感情の読み取れない調子の声で答えた。

携帯電話の時計を見ると、午後六時ちょうどだった。まだまだ、芙美の頭上の蕾が開く気配はない。

芙美の横、僕の寝起きしている二階の部屋に、一階のちゃぶ台を持って上がり、四人でそれを囲む。明生おじさんは正座して押し黙ったままピクリとも動かず、和子おばさんは芙美のすぐ近くまで行き、その顔をじっと見つめていた。おじさんは青い半袖のボタンダウンシャツにスラックス、おばさんは浅い緑色のツーピースを着ていた。

皆、わずかに茶を舐める程度で、何も食べず、じっと芙美を見つめ、ときどき時間を確認するというのを繰り返した。誰も話さないと蜩《ひぐらし》の鳴き声がとても大きく部屋に響く。

「何か、食べますか？」いたたまれずそう言ってはみたものの、僕自身は相変わらず食欲がなかった。

「じゃあ、少しいただいてもいいかな。何か、ある？」おずおずと答えたのは冬馬だけだ。

「カップラーメンくらいなら」

「頼むよ。今にも腹が鳴りそうで」

僕は階下へ降り、台所へ行くと「はあーっ」という声とともに息を吐き、流し台に両手をついてうなだれた。皆、表情を変えられず、心の中に渦巻いている感情を整理して言葉にすることもできず、芙美が咲くのを待っている。漂う空気は凝り固まり、比喩《ひゆ》ではなく、身動きが取れないくらい緊迫している。

やかんを火にかけ、流しの下から取り出したカップラーメンの蓋を開ける。箸《はし》を用意し、やかんがピーピーと鳴き出すまでのあいだ、僕は芙美との夜のことや、ついさっきくちづけたときに嗅《か》いだ水のにおいを思い出した。

夜の芙美の、表面は柔らかくひんやりしているのに内側は血が通っていて温かい、生を感じさせた姿。それから、今の、人形のように無機質で芯から冷たかった唇。

ときどき痛む右腕をさすりながら、僕はお湯を注いだカップラーメンと箸を片手で持って二階へ戻った。おばさんがちゃぶ台のそばに座り、今度はおじさんが芙美に近づき、顔を突き合わせていた。

「蠟人形みたいだな」低くくぐもった声で言う。

「もっときれいよ」和子おばさんはすかさず、たしなめるように言った。

冬馬は三分待てば出来上がるカップラーメンを二分経過した時点で勢いよく食べはじめ、物の数十秒で食べ終えてしまった。

僕は冬馬の食欲に呆れながらも、部屋の隅で膝を抱えるようにして、なるべく、何も思わないようにしていた。例えば僕が、あまりに無力であることや、互いが正気であるうちに、芙美に気持ちを伝え、愛し合えなかったことを考えはじめたら、脳や心が爆発してしまいそうだった。

僕の芙美は、もうじき図鑑に載っていた「夜の女王」になるのだ。

僕らは互いを腫れ物に触るように扱い、窮屈な気持ちでひたすらに開花を待った。僕がときどき麦茶だの珈琲だのを淹れるときは、和子おばさんも言葉少なに手伝ってくれた。

「本当に、あれは芙美なのか」おじさんがそう言ったのは、午後八時四十分のことだった。「よくできた人形みたいじゃないか。あの上の花は本当に咲くのか？」

「咲きます。あれは芙美さんで、月下美人です」冬馬が答えた。

僕には何も言えなかった。芙美の今の生命としての活動の主だったことは、たぶん、人間の機能ではなく、あの体から伸びた茎や葉や、今にもほころびそうな蕾のほうで行われている。少なくとも口からは息を吸っていないし、何も食べないし、排泄もしない。

白い芙美は、既に芙美の抜け殻のようなものなのか。あの月下美人を、「芙美」と呼ぶことは間違っているのか。頭の中はずっと、ごちゃごちゃのままだ。

「ほら、少しずつ、開きはじめましたよ」冬馬が芙美の頭上、天井に広がっているいくつもの蕾を指差した。赤い弁が守っていた大きな白い花が、確かに少し開いている。

「いいにおいがする」僕は思わずつぶやいた。甘く重たい、強い香りが花から漂ってくる。

「こんなに香りのする花なのね」和子おばさんは花を見上げ、呆然とした。

四人で立ち上がって、じっと芙美の頭上、天井近くの月下美人を見守っているのは妙なかんじだった。花がじわじわと開いてくるにつれ、その香りはいっそう強くなり、二階全体に満ち満ちた。

赤い弁はひとつひとつがか細い指のように広がり、その内側の白い花びらは幾重にも重なっており、開いても開いても、なかなか柱頭が見えてこなかった。

ものすごくきれいだった。

二時間ほど、すべての花が満開になるまで、僕らは黙っていた。息をひそめ、目を見開き、口をぽかんと開けて、吸い込める限りのにおいを嗅いで、芙美の月下美人が咲き誇るのを見届けると、本当にくたくただった。

「このあと、どうなるんだ?」午後十一時を回ったころ、不意におじさんが尋ねた。

「あの花が、朝には萎れるなんて嘘みたいだ」僕は畳に座り、両脚を投げ出して答えた。ふと見ると僕の右腕は肩や指先もすっかり樹木のようになり、もう、人間の皮膚だとわかる部分はなくなっていた。「嘘じゃないんだな」

「一度しか咲かないとも限らない花のようですが、この場合どうなるのか見当がつきません」冬馬は頭を掻き、眠たげに目元を擦り、腹をさすった。

「腹が減ったんですか」僕が尋ねると、冬馬は「申し訳ない」と答えた。

何が、申し訳ないんだ。

冬馬はホテルに戻り、おじさんとおばさんはアムールに泊まることになった。

僕は彼らに二階の部屋を譲り、一応、来客用だけれど古ぼけてぺしゃんこの布団を二組、敷いて、自分は一階の小上がりで眠ることにした。おばさんたちに順番に風呂に入ってもらい、自身もシャワーを浴びて、畳で人心地付くと、あっという間に午前二時を回っていた。明日の天気やニュースが知りたかったが、この時間にそんな番組がやっているはずもないので、おとなしく電気を消し、枕に頭をのせてタオルケットを被《かぶ》る。

足元を見ると真っ暗な店舗部分が見えてなんだか空恐ろしかった。もう誰も、この店には立たない。やがて、アムールには誰もいなくなる。


翌日、僕は和子おばさんに起こされた。おばさんはすでにツーピースを着込んでおり、暑苦しかった一階はエアコンがつけてあって涼しかった。

「もうお昼になっちゃうから起きなさい。朝ごはん作ってあるから」おばさんはおっとりと微笑んだ。

「おはようございます。おじさんは？」僕は汗ばんで重たい身体をゆっくりと起こし、目元を擦った。久しぶりに、寝坊してしまった。

「あの人明け方起きて、急に今日はやっぱり会社に行くって言いだして、着替えに帰ったのよ。小夏くんによくお礼を言ってくれって」おばさんは台所に引っ込み「すぐに食べる？」と聞いた。

「はい。顔、洗ってきます」僕は枕とタオルケットを抱え、着替えを取りに二階に上がった。

古い砂壁にちゃぶ台が立てかけられ、布団はきれいに畳まれて部屋の隅に積まれている。月下美人の甘い香りの残った畳の上に、芙美は昨日と変わらぬ姿で座り込んでいた。脚を折りたたみ、背を丸めて動かない。もう、芙美の使っていた部屋の床はずいぶん見えるようになり、冬馬からの花柄の小包の包装紙も、ぺしゃんこに潰《つぶ》れているのが見えた。

水玉模様のキャリーバッグに、鏡台の上、なぎ倒された化粧水や口紅。芙美の衣服。

月下美人の大きな白い花は、どれもすっかり茶色く萎れ、うなだれていた。僕はゆっくりとそれに近づいて、そうっと、その枯れた花弁に触れた。ふにゃふにゃと張りがなく、死んだ植物の触り心地だった。

「あれ」よく見ると、枯れた花びらに隠れて十センチほどの赤い実が膨らんでいた。驚いて、すべての花の根元を確かめてみるが、実がなっているのはそれひとつだけだった。

月下美人に食用のものがあることは、植物図鑑で読んだので知っていた。しかし、この実は図鑑に載っていたよりも、かなり小ぶりに感じられる。

「小夏くーん、二度寝？　ちゃぶ台なかったんだわ、二階から持ってこられる？」僕に呼びかけながら、階段を上がってくる和子おばさんの足音が聞こえた。

「着替えが済んだところです！　ちゃぶ台持って行けます！」僕は果実をそのままにして、慌てて適当なTシャツとハーフパンツに着替え、ちゃぶ台を抱えて階段を下りた。

昼のバラエティ番組の音が、かろうじて僕を現実に引き留める。

既に箸を使えなくなった僕は、スプーンとフォークで、和子おばさんがわざわざ買い出しに行って作ってくれた和風の朝食を食べた。味噌汁《みそしる》も焼き魚も目玉焼きもおいしかった。でも、どこか上の空で、何度か食器の扱いに失敗した。魚の骨も、うっかり飲み込んでしまった。

「不便はない？　家事なんか、しにくいでしょう。かなり痛むの？」和子おばさんは普段よりうんと物静かだったけれど、僕の腕のことをとても気にかけ、ずいぶん家の中をきれいにしてくれていた。

「まあ、痛いけど慣れました。店も閉めたので気が楽になったし」気が楽だというのは嘘だった。仕事がなくなると、どんどん余計なことを考える時間が増える。

僕は結局、芙美を理解などできやしないのだということ。それは、僕が芙美に真正面から向き合うことを避けたからではないかということ。僕は、僕と芙美にはもっともっと時間があると思い込んでいたこと。僕が芙美を愛していたことを、芙美が人間であるうちに伝えられなかったこと。もしも伝えられたとしても、とてもうまくいくとは思えなかった。それでも、僕には挑戦する必要があったこと。

「それならいいんだけど、無理はしないようにね」おばさんは息をつき、俯いた。

「すいません」無意識のうちに出た言葉だった。

「どうして謝るの。芙美のことも、こうやって一緒にいてもらって感謝してるのよ」

どうして、謝ったのか。それは、白い芙美のことや、それになった赤い実のことで頭がいっぱいだからだった。

おばさんが帰ってから、僕はやっとシャワーを浴びて汗を流した。ずっと、頭の片隅に赤い果実のことがあり、胸が苦しかった。

冬馬が来れば、枯れた月下美人を詳細に調べ、あの実もすぐに見つけられてしまうだろう。そうしたら、僕の考えていることは実行できない。以前、芙美がもしも西瓜になったらと話したときに冬馬が言っていたことが思い出される。「そうして実った西瓜を食べるとなると、倫理的な問題が出てくる」と。もうきっと、僕の身体の半分ほどは植物になっている。それでも、人としての倫理を気にかけるべきだろうか。

風呂から上がるころには、僕は心を決めていた。

僕は二階の芙美のもとへ行くと。左手と、ほとんど使えない右手で月下美人の萎れた花を開き、赤い実をもぎ取った。見た目より柔らかい実はじゅうぶんに熟れているようで、簡単に手の中に落ちた。

なんだか芙美にもうしろめたい気がして、小さな実を胸に抱いて階段を駆け降り、隠れるように台所へ行って包丁を手に取る。まな板の上にその実を置き、左手で持った包丁が震えないように気をつけながら静かに刃を入れると、実は抵抗なく半分に割れた。果汁はほとんど垂れず、断面は図鑑で見た通り、白い果肉に黒く細かな種が散ったようなかんじだった。

いつの間にか、すっかり荒くなった息を整え、ひそめながら、僕はその実を手に取り、一息に、皮をしゃぶるようにして食べた。果肉はあっさりと歯で削《そ》ぐことができ、口に入った。歯にさっくりとした感触があり、ほのかに甘かったが、それほど美味《おい》しいものではなかった。でも、全身が痺れるようにうれしくて、僕は何度もつばを飲み込み、もう半分も急いで口に入れた。

僕は芙美を食べた。左手の甲で強く口元を拭いながら、何度もそう思った。たぶんはじめて、冬馬を出し抜いてやったとも思った。そして、人を食べた僕はもう、人間じゃない。

みぞおちに空いた大きな穴が、満たされていくのを感じた。

芙美の果実を食べたことは、僕の身体には何も影響しなかった。僕の右腕はめきめきと成長し、僕の顔の皮膚の半分も、木の皮のように茶色くざらついて、まだら模様になっていった。

僕はいよいよ人目につかないように過ごすようになり、買い物は和子おばさんや冬馬に頼った。冬馬に個人的な生活のことについて頼みごとをするのは不本意だったけれど、この際、仕方がなかった。僕は残された日々を、アムールの中だけを動き回り、冬馬の質問に答え、血圧を測り、血液を採られ、細胞を調べられてつぶすしかなかった。

芙美はもう、人のかたちである部分はなくなってしまった。何本もの茎がみっしりと集まった彼女の月下美人は六畳弱の畳に生えた一本の大きな木のようで、そこからは再び新しい葉の芽がどんどん伸びはじめている。

昼間の安穏とした時間を、それ用に作られた番組を観て過ごす。明るく強引なバラエティ番組は、僕を愉快にも不愉快にもしない。時報のようなものだ。

「やっぱり、どんなに調べても全然わからないんだ」冬馬は自身も横目でテレビを観つつ、僕の隣で独り言のように言った。「きみの左腕にはまだ人の細胞があるけど、右半身を調べるとほとんどが植物のそれだ。ひとつの生き物に人間の細胞と植物の細胞がくっついて存在していて、なおかつ、見たり喋ったり、きみの場合は今はまだ食べるし排泄もする。それが、やがて体ぜんぶが植物になるなんて、どう考えても説明がつかない」

「植物化する人間の共通点ってありましたよね。孤独だったとか、喪失感を抱えてたとか」左手で肘をつき、顎をのせる。すぐ目の前には飲みかけの麦茶のグラスが置いてある。「僕はこの症状は、人間にとっては、もしかしたら進化なんじゃないかと思うんですよ」

「なぜ？」

「植物化は、防衛本能からきてるんじゃないかって。自分の意思とは関係なく、肉体が、あまりにつらかったり悲しかったりすると、現実から身を守ろうとしてこうなってしまうんじゃないかって。まあ、素人《しろうと》の考えですけど」

「それは、一理あるかもしれない。例えば、植物化は、土壌の汚染に適応できる身体に、人間が新しく進化しつつあるのではないかという説も実際にあるんだ。土壌汚染は、つらい関係にも環境にも、言い換えられるのかもしれない。これが進化の過程だとするなら、僕らの研究に意味はあるのかな。進化に、逆らおうとするなんて」それでも、研究せずにはおれないのだけど、と冬馬は続けた。

「冬馬さん個人はどう思いますか？　突然変異や奇病じゃなくて、進化だと思います？」

「どうかなあ。僕の専門は細胞だから」冬馬にしては煮え切らない言い方だった。「ただ、芙美のことを考えると、強い思いが進化に繋がるような気がしなくもないかな。それがいいことかどうかは、そうなってみなきゃ判断できない。進化と進歩は、違うからね」

「いいことか、どうか」

大きな笑い声がテレビからどっと溢れ出し、僕らは黙り込む。

冬馬の、芙美のことは何でも知っているという風な物言いは気分が悪かったが、何も言わなかった。冬馬に他意はないし、たぶん芙美も、冬馬が自分のことを一番よく知っていると思っていたはずだからだ。それが、真実かどうかは別として、僕がつけ入る隙はそこにはない。例えば、だから、僕は芙美の月下美人になった果実について、冬馬には絶対に打ち明けない。あれは僕だけのものだ。

秋房すみれが再び訪ねてきたのは、その日の夕方だった。

「小夏くん、ちょっと大事な話があるの」電話をかけてきたときには、秋房はもう、駅を出ていたようだった。

「大事な話？」僕は左手で電話を持ち、帰り支度をしている冬馬の背中をじろりと睨んだ。「大事な話」という言葉に、冬馬も僕を振り返る。

「もう今、アムールに向かってるから。家にいるよね？」有無を言わさぬ声だけれど、言わないわけにいかない。

「会えないよ」僕は、手には見えない自分の右手を見た。それはもう、うねり伸びた樹だ。

「どうして？　体調、悪いの？」秋房はすたすたと歩き出している息遣いだ。

「そうなんだ。それで、ちょうどこの前の医者がいてさ、ややこしい検査したばっかりで疲れてて。ほら、いろいろ測ったり」

「じゃあ、寝ててもらっていいから。どうしてもすぐに考えてほしいことがあるの。少し話すだけだから、お願い」秋房はしっかりとした口調で言った。「この前の人にも聞いてもらったほうが判断しやすいと思うし。トウマさんだっけ？」

「え？　冬馬さんも聞いたほうがいいような話なの？」

黒いジャケットを着込み、私物のほとんどを鞄に詰め終えた冬馬が、ぽかんとした顔で僕を見る。

「そう、そうなの」秋房は真剣だった。

僕は身体を隠すために小上がりに布団を敷き、薄手の布団に包《くる》まった。顔の右側を見せないように枕に押し付け、身を縮める。

「小夏くんはかなり眩暈がするようで、できれば、このまま動かさずに話を」冬馬は僕の脇に正座して、あっけらかんと嘘をついた。

「小夏くん、ごめんね。でも、本当に大事なことなの」秋房は畳に上がるとかがみこみ、枕と布団の合間から見える僕の瞳をじっと覗き込んだ。毛先はオレンジ色からきついピンクに変わっていた。レオパード柄のシャツワンピースに、黒いソックス。真っ赤な口紅が顔から浮かび上がって、こちらに迫ってくるみたいだ。

「私、考えたんだけど、小夏くんの体調が戻るまで、私にこの店を開けさせてくれない？」

「えっ？」僕は思わず大きな声で言った。

冬馬はなぜか「はあ」と感心したふうに言った。

「もちろん、今の店と掛け持ちになるけど、うまく話せば少しは出勤日の融通はきくと思うし、私の家、ここからも今の店からも遠くないし」

秋房が本気だということは、その話しぶりですぐにわかった。そもそも、秋房は僕などよりよほどしっかりしているし、こんなことを思いつきで人に話したりはしない。

「でも、できないよ。そんなことは頼めない」僕は秋房がその場に正座する仕草を見ていた。いつもの香水のにおいがする。

「どうして頼めないの？」

「向こうの店に迷惑がかかるし、アムールは、言い方は悪いけど全然儲《もう》からない。青山の店の給料とは比較にならないよ」

「儲かるとは思ってないよ。それでも、小夏くんの身体が治って復帰できるようになるまで繫《つな》ぎたいの。長く休んでると、そのあいだにお客さんはどんどんほかに行っちゃうでしょ」

「でも、ここは秋房がやりたいことをできるような場所じゃないって」秋房は僕と違って、新しいスタイルを生み出し、発信したい美容師なのだ。いつも流行を気にかけ、自身の生活に取り入れる。日々、僕よりうんと熱心に腕を磨き、ときには雑誌やショーの仕事だって頼まれる。アムールなどに時間を割いてはいられないはずなのだ。それに、僕の体調は、よほど有効な新薬が突如、発明でもされない限り、もう戻らない。

「そうかな。私なら、小夏くんがまた店に立てるまでに、アムールをレトロでお洒落な隠れ家サロンにできるかもしれないでしょ」冗談めかして話してはいるが、やはり、秋房の心意気は本物だ。

「秋房」

冬馬は静かに僕らのやり取りを見ている。観察していると言ったほうがいいかもしれない。

「小夏くんがお母さんから継いだ大事なお店でしょ。事情はどうあれ、もったいないと思うの。ねえ、冬馬先生？」秋房は唐突に冬馬に問うた。

冬馬はぎょっとして秋房を見たが、横目でちらりと僕を見ると、すぐにぺらぺらと喋り出した。

「残念ながら僕の意見は反対です。小夏くんが順調に回復したとしても、もう一度鋏を持って細やかなヘアカットができるようになるとは思えない」

「リハビリとか、するんじゃないんですか？　それでも難しいの？」秋房は悲しそうに訊ねた。

「難しいと思います」冬馬はきっぱりと言い切った。本当は、僕は植物になった挙句に死ぬ。今も、右腕が痛む。

「小夏くんはそれでいいの？」

「仕方ないよ」あまり話すと、「本当は」と喋ってしまいそうだった。面倒に巻き込みたくはないし、この症状に関する研究が重要な秘密であることもわかるが、僕は気付いたらずいぶん、秋房に嘘を重ねてしまっているような気がする。

「冬馬先生。ちょっと席外してもらえますか？　無理なことはしませんから」グッと下を向いた秋房の表情は、長めに作って巻いてある前髪に隠れて見えなかったが、その声は掠《かす》れていた。

「わかりました」冬馬は僕をちらりと見てから、立ち上がり、家の外へ出ていった。

僕は、真実を話せる状況に置かれてしまった。

「親身になってくれるいいお医者さんだね」皮肉を言われたのかと思ったが、ちらりと僕を見た、その表情から本心からだとわかった。

「まあ、芙美の、知り合いだから」

「勝手なこと言いだしてごめんね。よく状況、知りもしないのに」

「いや、ありがとう。余計な心配かけて悪かった」なんだか、今生の別れのようだ。実際、もうこの状態では会えないかもしれない。「秋房がそんなにこの店のこと考えてくれてるとは思わなかったよ」

「だって、私、小夏くんのことが好きだから」秋房は今日、一番小さい声で言った。

狭い小上がりがしんとなる。

「だから、下心とかも、あるから」秋房が、無理に笑った。

僕の気持ちが秋房に揺れたことは大昔に一度だけ、あった。でも、とても浮ついたものだった。だから抑えたし、そのまま掻き消えてしまう程度のものだった。それきり、僕は秋房に友情やそれにまつわる愛着以外の気持ちを抱いたことはない。それに、今の今まで、秋房のような女性が、青山から逃げたのも同然のような僕を好きにはならないと思っていた。

「何か言ってよ」秋房が長く息を吐いた。

「秋房、ありがとう。でも、僕は芙美のことを愛してる」僕と芙美のように、始まらなかった関係は、芙美と冬馬のように終わることもない。だから、僕は過去形ではない。「愛してるんだ」

「そっか。やっぱり」秋房は急速に乾いた声になり、いつも通りに笑って見せた。「そうじゃないかと思ってた。小夏くんて、ちょっと影のある子好きだもんね」

「そうかな」僕は心底、驚いた。

「そうだよ。前からそうだった。冬馬せんせー！　どうもお世話様でした、話終わりました！」

秋房の呼びかけに、冬馬は宵闇から出てきた幽霊みたいにのっそりと姿を現す。家中にインターホンの音が響いた。試合終了の合図みたいだった。

それが「今生の別れ」にふさわしいやり取りだったかどうかは、僕にはわからない。


感情の吐露の仕方が違うせいか、僕は最後まで、芙美のようにがらりと姿を変えるようなことはなかった。日々、じわじわと樹木になっていく自分の姿を店や洗面所の鏡で見ながら、口がきけないようになるまで、冬馬の尋ねることになんでも答えた。見える景色のことも、変わりゆく身体の感覚のことも、穏やかに凪《な》いでいく気持ちについても、何もかも。

芙美だった月下美人は、再び蕾をつけることはなく、静かに枯れつつあった。僕はそれを抱くように寄り添って、思っていた通り、枇杷の木になっていった。

額のわずかな部分と、左目と唇。それから左肩のほんの一部だけが、僕をぎりぎりまで人間に踏みとどまらせている。

「きみも、なかなかどうして情熱的な男なんだね」冬馬は変わらず、僕に話しかけた。もう、この家の鍵は彼と和子おばさんに預けてある。

声は出ない。ただにやりと笑って見せるだけだ。

「枯れつつあった月下美人が、枇杷の幹の中に取り込まれてる。ここに来てから、はじめて見るものばかりだよ」冬馬の髪が、少しだけ伸びてきていた。気にならないことはないが、僕にはもうどうすることもできない。

「枇杷はかなり大きく成長する樹だろ。このままじゃ、二階の床が抜けるってきみのおばさんが言ってる。僕もそう思うんだ。きみの人間らしい部分がもしもこのまま消え去ったら、きみをどこかに植え替えるけどいいかい？」

僕は大きく二回、瞬きをして了承した旨を伝えた。

「きっといい場所を選ぶよ。広くて気分のいい、日当たりのいいところ」

僕の意識はときどき、うたた寝するように遠くに行ってしまう。そこには死んだ母も、芙美さえ現れることはない。灰色の空の下、果てしなく続く真っ白な地面に寝そべった僕は、手の届かないものを思う。

どんなに懸命に手を伸ばしても摑むことはできない何か。それを追い求め続ける人間として生きるよりも、植物になってしまうことが、僕には向いていたのかもしれない。無論、そんな風に考えるのも症状のひとつかもしれないけれど。

芙美はもう、僕の中にいる。彼女の精神やこころを手に入れたわけではないけれど、それでも、僕は満ち足りた穏やかな気持ちで枇杷の木として成長していける。

「下に秋房さんが来てる」冬馬はちっとも慌てた様子ではなかった。

僕には、時間の感覚がほとんどない。この前の、僕の植え替えの話から、三日、経ったのか、一週間、経ったのかわからない。

「青山の店を辞めてきたそうだ。どうしてもアムールを守りたいと言ってる。一応、小夏くんは入院して面会謝絶だということにした。でも、それじゃあ納得してくれないだろうな。芋づる式に芙美の不在もばれてしまわないか心配だ。彼女、相当勘がいい」冬馬は眉根を寄せ、しばし考え込んだ。「僕はもうしばらくきみたちのことを調べたい。植え替えまで責任を持ってやるつもりなんだ。だから、機密保持のためにも僕やきみのおばさんが彼女を監視するという条件付きで、好きなようにやらせてみてはどうだろう」

僕にはもう、よその話に聞こえた。すぐ近くで話されているはずの冬馬の声はうんと遠く、頭の上のほうから細々と聞こえてくるだけだし、返事をする方法もない。僕は、秋房やおばさんたちが傷つかないようになってくれたらそれでいいと思い、そう願った。

おばさんやおじさんは、戸惑いはあったようだが、秋房に通いで店を任せることを承諾したようだった。和子おばさんはしょっちゅう様子を見に来て、ついでに白髪染めをしてもらったりしている。ついでに僕を見に二階へ来ると、小声で「小夏くん、元気そうね」と言う。僕は瞬きで返事をする。

冬馬は、当然ながら、秋房に二階への立ち入りを禁じた。どのように説明したのかは知らないけれど、とにかく、親族と冬馬以外は、二階へは来ないことになっている。

僕は当事者なのだけれど、まるで空の上からそれらを見ているような気がしている。僕のいる世界は、広い灰色の空、真っ白で平らな果てしない地面。その割合のほうが、ずっと多くなってきたのだ。

いくら禁じられていても、秋房はそのうち、こっそり二階へ上がってくるかもしれない。そうして、最近、特に天井が軋む理由を発見する。

「どうしてこんなところに、木が生えてるの？」大きな木は濃い緑色の葉をたくさんつけている。ざわりとしたその表面に触れ、秋房は、その木が枇杷であると気が付く。しかし、まさかそれが僕だとは思うまい。

「小夏くんが植えたのかな？」まるで木に語りかけるように秋房はつぶやき、ピンクの色が少し抜けて柔らかい印象になった毛先を揺らす。

僕は芙美を抱いたまま、その意識を手放し、完全に植物になる。だから、どれだけ時間が経っても、僕がアムールに戻ることはない。

秋房は枇杷が好きだろうか。

9

植物化の症状を抑制、或いは緩和するための新薬の開発は、なかなか思うようには進んでいない。なんとか治験の段階まで持ってこられたとしても、効果が認められ、製造の承認を得るのには、たぶん、十年以上の時間がいる。それほどの長い時間が、果たして僕たちに残されているのだろうか。

夜明け前、夢の中に芙美が出てくる。彼女は僕が最後に見た、色素欠乏状態であるが、着ている服や喋り方などは、昔のままだ。夢の中で、彼女はいつも笑っていて、僕はいつも、彼女に謝っている。

僕はどうして謝っているのか、自分でもよくわからない。彼女も、理解しがたいという顔をする。そして、謝らないでくれと僕に頼む。それでも、僕は謝り続ける。

目覚まし時計より数分早く目が覚めると、僕は時計を止めて、さっさとベッドを這い出る。ベッドは白く、シーツもカバーも寝間着も白い。スリッパも白いが、履く靴下は黒い。歯を磨き、顔を洗い、髪についた寝癖を水で押さえつけ、台所で白い冷蔵庫を開ける。水を飲み、珈琲を淹れ、パンとバターと目玉焼きとハムとで遅めの朝食にする。皿はどれも白く、コーヒーカップも白で、水を注いだグラスは透明。食器は銀色だ。

寒いので、寝間着の上に黒いカーディガンを羽織る。

僕が昔、日本で暮らしていたころの部屋もこんな風だった。だから、芙美がはじめて部屋に来たときは、ずいぶん驚いていた。インテリアを黒で統一しているとか、黒や白を好んでいると言うレベルではないと言われた。

そもそも、僕は黒も白も愛していやしない。ただ、それ以外の色のあることが苦手なだけだ。芙美の存在以外については、昔も今もそうだ。

白いクローゼットを開け、白いワイシャツと黒いスーツ、それから黒いサスペンダーと、黒いクルーネックのニットを取り出して着替える。パソコンを開き、久しぶりに読んだ日本語のメールの内容に大きな溜め息をつく。巨大向日葵の出たあの土地で、新しく、わかりやすい症状の出た人間がいる。添付された写真には、左眉とその下の睫毛が、メールによると「蕨《わらび》」になってしまっている女性が写っていた。その女性は陰鬱な表情をして、カメラから少し顔をそむけている。

皆、そうだ。意識があって、植物化の始まった人間は、捨て鉢で飾り気がなく、覇気のない顔をしている。

僕は、自分がひどい男だという認識がある。僕の部屋に唯一、許された彩りを自ら捨てたのだ。それは、研究にこの身を捧げる覚悟をしたのと同じことだと思っている。それでも、あの夜の月下美人のにおいを思い出すと、今でも色っぽい気分になる。あの香りの充満した畳の上で、僕は芙美に強く、抱きしめられているようだった。

僕はあのとき、芙美の色素が失われてしまったのは、僕が色彩を好まないことを芙美が知っていたせいだろうかと思った。芙美は僕のために、色を捨ててくれたのかもしれないと。でも、僕は彼女が色鮮やかだったから別れたわけではない。

芙美の色素欠乏は僕のせいかもしれないと話していたら、雨森小夏はきっと、僕を自惚《うぬぼ》れ屋だと言って怒っていただろう。だから、言わなかった。

彼は僕とは全然違うタイプの男だった。身ぎれいで背が低く、どこか洒落ていて、一見、あまり神経質そうには見えなかったが、その実、とても繊細だった。

芙美が彼をそばに置いているとわかったときのかすかな苛立ちは、嫉妬《しっと》だったのだろうか。それとも、雨森小夏自身に引っかかっただけだろうか。根っから鈍い僕にはよくわからない。

ウクライナの空も日本の空もさして変わらない。こちらのほうが少し、空が高く、広く感じるくらいだ。都心部ばかりを転々とする僕にとって、空など特別な意味を持たない。空は空だ。

「今は日本のほうが温かいんだろうな」僕はシルバーの巨大なスーツケースに荷物を詰めはじめる。出張のときに持っていくものはだいたい決まっているから、荷造りはとても早い。途中、研究所の職員に電話をかけ、例のメールを見たかと話をし、写真の女性の状態は芳しくないだろうと言い合う。ところで、蕨とはどういう植物なのかと、白人の研究員は尋ねた。僕は野草だと答えた。

「日本に行って見てくるよ。いや、今回はちゃんと、すぐ帰ってくる。最後まで見届けるなんて言いだして、迷惑かけたりしないよ」

あのとき、芙美と雨森小夏の症例のとき、僕は駄々をこねて、へばりつくようにして日本にいた。そうして、芙美が芙美でなくなり、雨森小夏が彼でなくなり、アムールが空っぽになるのを見ていた。それから、芙美の両親の立会いのもと、かつては雨森小夏であった枇杷の木を、遠くの公園に植えた。

日本を出るとき、芙美の残したものを何ひとつ持って帰らなかった。戻ってから数人に、恋人ではなかったのかと聞かれた。僕はそのたび、沈黙した。

不意に思い出し、僕はクローゼットの奥の奥にしまいこんで忘れていた紙袋を引っ張りだした。知らないうちに買い集めていたそれらを、僕はどうしたものかといまだに考えあぐねている。

かつての芙美は「子供っぽい」と笑っていた明るい色のTシャツが数枚。どれもある規則に基づいた色をしており、ポップなイラストやロゴがプリントしてある。だいたいがXSサイズのものだが、中にはサイズが残っていなくてMを買ったものや、キッズサイズのものもあった。既に芙美にプレゼントしたものは、アムールの彼女の部屋に数枚、残っていた。まさか、着てくれているとは思わなかった。

僕は彼女に色のついた服を着せたかったのだ。彼女は、僕が気を使って無理に色鮮やかなシャツを買ってプレゼントしていると考えていたようだが、それは違う。僕は彼女の色彩を大事にしていた。僕にはない色のすべてを、芙美に託そうとしていたのだ。

日本で時間ができたら、アムールに顔を出そう。

今、アムールは秋房すみれという女性がひとりで切り盛りしている。外見こそしっちゃかめっちゃかに見えるが、彼女は明るく賢いから、店はきっとうまくいっている。森林公園に、かつて雨森小夏だった枇杷を見に行く時間は、さすがにないだろう。あの枇杷の中には、枯れてしまった芙美も取り込まれているけれど、それはもう、芙美とは呼べない。

芙美がもういないということは、ずっと離れて暮らすにしても、僕にダメージを与え続ける。

僕は最近、唐突に涙することがある。顔を洗ったのに瞼が重たいのも、両目の端が赤く腫れ、ひりひりと痛いのもそのせいだ。


僕がその女性を目の前にしたときには、睫毛が変化して芽吹いていた蕨は顔中に広がり、頭部もすっかり、数えきれないほどの蕨に埋もれてしまっていた。胴体は、当初、着ていたニットとスカートの姿のまま、手や脚は、黒い蕨の根に姿を変えている。

「意識はもうないんですか？」僕は隣にしゃがんでいる研究員に尋ねた。部屋の中なのに、エアコンをつけていないから吐く息が白い。寒さに首をすくめ、コートの襟もとを掻きよせる。

症例の多い土地には、研究員が数人ずつ常駐している。環境の調査も兼ねて、新しい症例を見逃さないためだ。ここは、そんな場所のひとつなのだ。

「いえ、話しかけるとわずかに反応があります。それに、左手の薬指だけ人のままなんです」研究員は焦げ茶色のダウンジャケットを着込み、赤ら顔をしていた。身を乗り出し、慣れた手つきで蕨の根を束ねるように持って、埋もれていた女性の華奢な薬指を見せてくれる。少し皺っぽくなった白い指には、銀色の指輪がはまっていた。

「ご結婚されているんですか？」僕は痛々しいさまにも表情を変えない。そう決めている。

「いえ。それが」研究員はあからさまに顔色を暗くし、俯いて口ごもる。

「こちらがそんな風じゃ調べものにならない。話して」

「先々月、結婚詐欺にあったそうです。結婚に向けて事務の仕事を辞めてしまわれていて、ご両親は既に亡くなっています。目元がおかしくなったのは先週で、冬馬さんあてのメールに添付された写真は、一昨日、僕が撮ったものです」

「なるほど。かなり進行が早いんだね」孤独、喪失、苦悩、絶望。そのどれもが強いということだろうか。

質素な木造アパートの一室はこざっぱりとしていて、女性が真面目で清潔であると一目でわかった。きっちりと片付けられた台所回りには、使いかけの調味料の数々と、ほんのりと愛らしさを感じさせる数少ない食器。

木製のチェスト、その上の籠《かご》に仕舞われた鏡やブラシ、化粧品。小型の液晶テレビとミニコンポ。小さな本棚には、流行りの小説と漫画が数冊。旅行やファッションの特集雑誌。料理のレシピ本。それから、分厚い結婚情報誌が一冊。ＣＤが数枚。押入れには布団が二組と、衣装ケースが二つ。

「どこか痛みますか？　寒くない？」僕は女性の顔だったあたりを見た。

部屋の隅で、女性は壁にもたれるように座ったままの格好だった。手をだらりと下げ、両脚を伸ばしている。

女性は、首とは呼べない首をばさばさと揺らして答えた。

「今、気持ちは苦しいですか？　つらいことは？」

女性は再び、首を振った。すると普通よりも大きな蕨が、彼女の頭から三本、床に抜け落ちた。

「あなたは、人間に戻りたいですか？」そう聞いた途端、研究員が僕を咎《とが》めた。

「ちょっと、冬馬さん、何を言うんですか！」

「質問だ。知りたいんだ。必要なことなんだ」

女性はしばし静かにしていたが、やはり、頭を振った。大きく、何度も。

「わかりました。できるだけ、あなたのいいようにします」

「いいようにって、僕たちはこれを治そうと研究してるんですよ？」

「でも、もしも彼らが望んでこうなっているとしたら？」僕は尋ねながら、床に落ちた蕨を拾い上げた。緑色で真っ直ぐな茎に、丸まった葉の部分。「僕らはただの邪魔者だ」

彼女の身体の細胞はほとんど植物のものに変わっていたけれど、まだ意思を持ち、声は出ないまでも会話が成り立つ。部屋の隅に座り込んだまま、女性はひとりで夜を明かす。

「蕨は、年中食べるものなんですか？」以前、ここに来たときに泊まったのとは違う旅館の一間で、僕は呆然と、仲居によって目の前に並べられる料理を見ていた。刺身に焼き魚、豆腐に漬け物に汁ものに、数種類の山菜の煮つけ。

「そうですねえ、だいたい干して取ってあるし、季節ごとの種類もあるので、いつでも食べられますよ」仲居はにこにこと笑った。

素朴な美しさのある小さな器に盛り付けられたそれは、暴力的なほどの存在感だった。どんなときでも腹は減るけれど、今日、女性が首を動かすたびに揺れ、床に抜け落ちた蕨のことを思い出すと、やはり喉元が塞ぐ。

「すみません、せっかくなんですが、山菜が苦手なので、この器は今日は結構です」

「あらそうですか。申し訳ありません」少し訛《なま》った調子で言いながら、仲居は器を僕の前から取り上げてくれる。「何か別のものがお出しできるか聞いてきますね」

「いえ、おかまいなく」仲居の左手の薬指には、蕨の女性とは違う、石のついた指輪がはまっていた。

女性は、翌々日には意思の疎通ができなくなった。しかし、最後まで左手の薬指だけは人間のままだった。生い茂った蕨の葉が枯れて朽ちたら、その指も萎えるだろうか。

僕は、指輪がぴったりのままの瑞々しさを保っている薬指の皮膚の細胞を調べた。それは、人の指のかたちをしていたけれど、葉緑体があった。つまり、植物だということになる。現地の研究員は大袈裟に驚いたが、僕には予想の範囲内のことだった。

芙美や雨森小夏の例は、植物化の中でも特異なものだった。あれを見て、僕は、この変化が、少なくとも細胞の病気だとか、脳の欠陥だとか、そういうことだけでは結論付けられないと思い知ったのだ。

「彼女を助けられない」僕は噛みしめるように言った。それに、助けるための手がかりもない。ただ、新しい一例が増えただけだ。

僕は宣言通り、女性を見届けずに去った。アムールに寄る前に、繁華街へ行き、くたびれてきたワイシャツの替えと、少し変わったかたちの黒いジャケットを買った。

ひと口に白、黒と言っても、その素材や造形はあまたとある。僕は洒落ものではないけれど、色を抜きに暮らしているとはいえ、新しいものがいやなわけではないため、ときどきこうやって買い物をする。

アムールへの土産《みやげ》は、あの駅の近くのケーキ屋で買おうと決めた。あの店のオレンジゼリーが、ずっと食べてみたかったのだ。芙美の好みそうな、半分にカットしたオレンジを器にした、色鮮やかなデザート。

「これを四つください」あまり冬向きではないけれど、かまわない。煌《きら》びやかなケーキの並ぶガラスケースの中をぼんやり眺めながら、バッグの中の財布を取り出す。なぜ四つ買ったのかと考えると、胸が少し苦しかった。

「こんにちは」アムールのドアを開けると、調子はずれなインターホンが鳴り、僕の挨拶はその大きな音に掻き消されてしまう。

「いらっしゃいませ」秋房すみれは男性の髭剃りをしている最中だった。振り返って僕を見ると「あー！　冬馬先生だ！」と派手に驚いて見せた。

「どうも、お久しぶりです」

「そっちで待っててください。ゆっくりしてて」快活な声に軽く頷く。

僕は夏にそうしていたように、我が物顔で小上がりの畳に上がり込み、ケーキ屋の箱をちゃぶ台の上にぽんと置くと、コートを脱いで大きく息をついた。そして、客が途切れるまでぼんやりと座って考え事をした。昨日の深夜、あの女性は、薬指にはめていた銀色の指輪だけを残して枯れ果てた。薬指も植物のように萎れ、枯れ落ちてしまった。

指輪はプラチナ製で、たぶん彼女と、結婚詐欺をはたらいたらしい相手の男の、本名か偽名か定かではないイニシャルが刻印されていた。僕は研究員に、それを「道で拾った」と言って警察に届けるように指示した。

彼女の死亡届けは出せないのだ。なるべく早く彼女の部屋が空っぽであることを警察に見つけてもらい、家出、失踪という扱いにしてもらわなければ、あの女性は誰にも気付かれないままこの世界から消えてしまうことになる。結婚詐欺については、僕にはよくわからない。

「どうしたんですか？　お休みで日本に戻ってきたの？　お仕事で海外に行ってるんですよね？」秋房すみれは立て続けに質問しながら温かい紅茶を出してくれた。ふたりでオレンジゼリーを食べながら、しばし、互いの近況を話し合う。モノクロの僕と、色の洪水の中にいる秋房すみれ。

「ちょっと、出張です。ついでに様子を窺《うかが》おうと思いまして。元気そうで何よりです。お店はどうですか？」

「けっこううまくやってますよ。普通のメニューのほかに、顔剃りとか眉を整えたり、こう見えて着付けもできるし、食べられる程度には」秋房すみれはネオンオレンジのくっきりした口紅でにっこりと笑った。相変わらず、濃紺のアイラインはきらきらと太めで、睫毛もくっきりしており、カラーコンタクトの入った目は明るい茶色だ。だいぶ伸びた髪は金髪に近く、毛先だけコバルトブルーに染めてあり、柔らかく巻いてある。グレーのニットのワンピースには大きな虎の顔が編み込んであり、網タイツはワイン色だ。

とにかく、派手な女性なのだ。

「小夏くん、どこ行っちゃったんでしょうね」秋房すみれは溜め息をついた。

雨森小夏は、はじめは入院しているということにしていたが、長く続けられる嘘でないことはわかっていた。今、彼は病院から抜け出したきり、行方をくらませていることになっている。無論、この嘘には芙美の両親も加担している。ほかに方法がなかったのだ。

「そのことも気になってはいるんですが、なかなか忙しくて、お力になれず申し訳ない」

「仕方ないですよ。探すって言ったって、何の手がかりもないし。それに、この店で小夏くんを待っていられるのはけっこう幸せだから」

「そうですか」彼はもう戻ってはこない。そのことを、彼女にきちんと話してもいいけれど、植え替えたあの枇杷の木を見せて「小夏くんです」と説明しても納得してもらえるとは思えない。無駄に混乱させるくらいならば、彼は長い旅に出たということにしておいたほうがいいだろう。


その後、閉店までに四人も客が来て、彼女はずっと忙しそうだった。僕は小上がりでニュース番組を観ながら、今晩、泊まる予定のビジネスホテルへの行き方を頭の中で確認していた。小さなテレビ台の脇の棚の上、雨森小夏の母親の遺影や位牌はなくなっていた。芙美の母親が引き取ったのだろう。

ニュース番組は、何時間でも、いくらでもやるけれど、植物になって消えてしまっても報道などされない。植物化に限らず、世間に知られることはなくても大事件に巻き込まれている人々は、たぶん、きりがなく存在する。僕は、そんな人たちのことをどれだけ覚えていられるだろう。彼らは僕に、覚えていてほしいだろうか。


「お疲れ様です。冬馬先生、冬馬先生」

肩をゆすられて目が覚めた。いつの間にか、ちゃぶ台に突っ伏して眠っていた。

「おはようございます。ずいぶんお疲れなんですね」

「ああ、すいません、おはようございます」むくりと顔を上げると、秋房すみれの香水のにおいが鼻先をくすぐった。「ちょっと、気が抜けて」

「いえ、こちらこそお待たせしちゃって。冷えたでしょ。お茶、もう一杯淹れますね」

僕はすっかり空腹になっており、つけっぱなしのテレビは歌番組に変わっていた。

「秋房さんはここに住んでいるんですか？」僕は目元を擦り、腕時計を見た。もう、夜の八時になる。暖房のせいか、乾燥して少し声が掠れる。

「いえ、前と変わらずお店としてだけ使わせてもらってるので、朝来て開けて、夜は戸締りして家に帰ります。和子さんがときどき二階で荷物整理してるみたいですけど」

やかんを火にかけてる。コンロのつまみを捻る音が懐かしく聞こえた。

「でも、もったいないですよね。二階まるまる空いてて」

「そうですね」芙美や雨森小夏が根付いていた畳にできた穴は、今にも、一階の天井の板に届きそうだった。芙美の不在をそのまま表したかのような、大穴だ。どうやっても、埋めようがない。

「また紅茶でいいですか？　台所、あんまりなんにも置いてなくて」

「はい、なんでも」顔が火照《ほて》るほど暖かいけれど、ちゃぶ台の下、床に近い足元はとても冷たい。いかにも古い木造の家屋だ。しかし、温かみのある色彩に溢れていて美しい。

僕の苦手なはずのもの。

「冬馬先生は、小夏くんがどこに行ったのか、本当は知ってるんじゃないですか？」

夕食をどうするか考えながら、出された紅茶を啜っていた僕は、予期していた通りの質問にあまり驚かず、微笑んで「まさか」と答えた。

「まさか、ですか」秋房すみれはいかにも疑わしそうに僕を見た。明るい茶色のコンタクトレンズには、よく見ると独特の模様が描かれている。「カラコン、珍しいですか？」

「いいえ、目を逸らすと余計に疑われそうなので」僕は淡々と言う。

「逸らさなくても疑ってますよ。事情は知らないけど、冬馬先生と一緒にいるのかと思ってたくらいだもん」

「一緒にはいません。念のために断っておきますが、僕は女性だけを好きになるたちの男です」

「小夏くんはどこにいるんですか？」唐突に、語調が鋭くなる。

「僕は知りませんよ。そろそろ、ホテルに戻ります。ごちそうさまでした」僕はそそくさと立ち上がり、丸めて畳に放ってあったコートを手に持った。「アムールが健在でよかった」

秋房すみれが引き留める間もなく、「長々と失礼しました」と言いながら革靴に足を滑り込ませる。

「痛い！　いた、いたたたたっ」

「え」大きな声に、思わず振り返る。

畳に膝をつき、ちゃぶ台に左手をついた秋房すみれは、右手で目元を覆っていた。

「どうしました？」まさか仮病ではあるまいと思いながら近づく。

「ここのところ、目がちょっと。コンタクトがあってないのかも」彼女は蹲《うずくま》り、痛みに耐えるように息を吸った。

「見せてください、動いた拍子にゴミが入ったのかもしれない。そんなに痛むんですか？　コンタクトレンズのタイプは？　度入りなんですか？」

身を乗り出した僕に瞳が見せられるように、畳の上を膝で数歩、歩いてきた彼女は、目元を覆っていた手をどけておずおずと僕を見上げた。

「取れやすいように目薬があれば多めにさして、それから」そこまで言って、僕は息を止め、身を縮めた。

「冬馬先生？」秋房すみれの右目からは、とめどなく涙が溢れ、流れている。

「コンタクトレンズを、すぐに外してください」かろうじてそう続け、僕はその場に、膝から崩れ落ちた。「そうしたら、目を見せて」

「冬馬先生、どうかしました？」秋房すみれは靴下のまま店におり、大きな鏡を覗き込んで「いたたた」と言いながらコンタクトレンズを外した。

「目は、どうなってます？」

「うわあ、真っ赤。コンタクト、しばらくやめたほうがいいですね。眼鏡かけなくちゃ」秋房すみれはのんびりと言った。「ゴミは入ってないみたい。どうしたんだろ」

日中、カラーコンタクトレンズをつけているということは、本人も他人もよほどよく見ない限り、裸眼の色や光り方の異変に気付きにくかったということだ。

「冬馬先生？　コンタクト取ったし、もう平気ですよ。すいません、帰りがけに、引き留めたみたいになっちゃって」秋房すみれが、床に座り込んだままの僕の肩に指先を置いた。強張《こわば》った身体が、意図せず跳ね上がる。

「僕は、先生と呼ばれることはありますが医者ではありません」声が震えないように、気をつけて話す。

「え？」

「僕は学者です。細胞生物学が専門です。そして、あなたの言う通り、本当は小夏くんがどこへ行ったのか、今、どこにいるのか知っている」

「冬馬、先生？　嘘でしょ？」

「目を見せてください。あなたの目を、もっとよく見せて」僕は立ち上がり、秋房すみれに向き直ると、その両頬をしっかりと摑むようにして、コンタクトのない両目を改めてじっと見つめた。

「ちょっと！」彼女の両手は僕の胸を軽く押したが、本当に瞳を覗き込んでいるだけの僕に、それ以上の抵抗は見せなかった。

　秋房すみれの右の瞳におかしな様子は認められなかった。しかし、しばらく見つめていると、すうっと色がなくなり、うんと奥に青緑色の水草のように細い線が揺れながら光りはじめる。その線はやがて色を淡くしながら瞳全体に広がっていき、ふわりと見えなくなった。すると、奥から、今度は橙の線が浮かび上がってくる。

「やっぱり」

「私の目に、何かあるんですか？」

「話します。ぜんぶ」僕は彼女の前で、うなだれた。その夜は、とうとう空腹を忘れ、何も食べずに過ごした。

人生や世界の果てしなさに、僕はときどき、嫌気がさす。僕などがいくら研究したところで、と悲観的に考えはじめるととめどなくなってしまう。輝く幸福はあまりに遠く、僕たちはいつだって、かつて目指していたはずの未来とは少し違う場所に、うっかりたどり着いてしまう。想像の世界では、誰か、大事な人が僕を見て優しく笑っている。僕は、そんな「誰か」を幸福にできずに、本当に悪かったと思う。

この現象が進化だとして、それがなんだと言うのだ。「進化」と「進歩」は違う。「進化」と「退化」は対の言葉でもない。進化というのが、人間にとって必ずしも、それまでより良いものだとは限らない。僕は、そういう大切なことを、芙美や雨森小夏にきちんと伝えられただろうか。彼が恐怖せず、納得して植物になっていけることを考えて彼に接していたけれど、本当は「死」に、納得も何もない。

芙美を助けたいという意思は、芙美への愛情はもちろんだけれど、そもそも、この進化を歓迎しない気持ちからきていた。そして、そうでありながら、僕は彼女を救えなかった。

進化を止めようとするなんて無駄なことかもしれない。でも、現時点では、植物化は順応ではなく逃亡だと思う。考えることも思うことも放棄して安楽を手に入れるために植物になってしまうなんて、きっと良くないことだ。どんなにそうなることを望む境遇の人間が多くいたとしても、別の方法を考え、選ぶべきだ。人間なのだから。

辛く悲しい事柄や環境から、ただ逃げるのではなく、立ち向かって思考し、良いと思えるほうに変えていくのが、「進歩」なのだ。

僕はウクライナのある都市に戻っていた。秋房すみれには、今までの経緯のすべてを打ち明けた。彼女は今までの誰よりもそれを落ち着いて聞き入れ、普段の生活に戻った。

僕は焦っていた。このままでは本当に、誰のことも助けられない。

「しかし、そんなことは許されない！　きみは自分が何を言ってるのかわかってない！」僕はいつになく大きな声で言った。秋房すみれの提案に驚きはしなかった。むしろ、常に自分の頭の片隅にある考えだったからこそ、余計に頭に来たのだ。「僕はマッドサイエンティストじゃない。きみが今後すっかり植物になって、社会的には家出人の行方不明者になるとわかっていたとしても、人として生きてるのに解剖するなんて！」

現実的には、植物化が始まったばかり、或いは前兆が出ている段階の人間を解剖できたらと考えている研究者は少なくはないだろう。そして、植物になって枯れ朽ちた人々が家出人として扱われる今ならば、それは決して不可能なことではない。でも、やらない。

僕たちは人間だから、倫理や道徳や、そういう心にとって正しいとされているものがなくなってしまったら、人のかたちをしているだけの別の物になってしまう。正義だとか、善行だとかいう話ではない。僕は人間が人間足り得ることの危うさを実感している。

細く描かれた線の上をそろりそろりと歩く僕は、ほんの少しでも踏み外したら、簡単に人でなしになる。

「僕はそもそも、自分をあまり人間らしい人間じゃないと思ってる。でも、こう見えても人らしくあろうと努力してるんだ」

電話の向こうで大きな溜め息が聞こえた。

「もうじき何かの植物になっちゃう私からすれば、人間の姿をして見聞きして喋ってれば、それだけでじゅうぶん人らしいですよ」少しだけ、皮肉めいた口調だった。「それに、本当は解剖したいんじゃない？」

「蛙《かえる》とはわけが違う！」怒鳴りつけるなり、返事を待たずに電話を切った。

真っ当な人間であり続けたいならば、僕は学者を辞めるべきだ。そうでなければ、そのうちに秋房すみれの説得に負けて解剖の準備をはじめるだろう。大昔、はじめて蛙を解剖したときには、若干、震えていたこの手が、健康な若い女性の腹部を、なんのためらいもなく切り開くときがくる。

「芙美」僕は芙美が恋しい。自分の身体のすぐそばに、自分とは違う温度と色彩を持った生物が欲しい。

今の僕は、まるで死神だ。そんなことはありえないとわかってはいるけれど、それでも毎日、行く先々で新しく発症した人間を見る。すると、まるで自分が、この病気を運んで回っているような気になるのだ。

例えば、僕が媒介の病気だったら、どんなにか楽だろう。解剖されるのは僕で、病原菌として始末されるのも僕だったなら。

「どうして僕は植物にならないんだろう」これほどひとりで右往左往している僕が、孤独でないとでもいうのか。孤独や喪失が足りないのか。僕の悲しみや絶望は、他人より軽いのか。

ときどき、植物化による人類の終わりを想像する。僕は最後まで生き残ってしまうのだ。大小さまざまな種類の植物に囲まれて、最後までひとり、人間の姿のまま、話し相手もなく年老いて、地球とともに倒れる。

「何かあるはずなんだ。こんな観念的なことじゃなくて、もっと具体的な何かが」

僕は電話機の横に立ったまま、窓の外の雪を見ていた。白いワイシャツに黒いパンツ。黒いセーターに靴下。とても寒いから、白い毛布をマントのように身体に巻きつけている。

広い空は灰色で、地面は真っ白だ。僕は顔を歪《ゆが》め、今にも泣き出しそうだった。

腹が鳴ったので、台所へ行った。大きな丸パンを手でちぎってバターをたっぷりと塗り、ハムとチーズを挟んで、立ったままかじりつく。食べ終えるころには、僕は十二分に図太いではないかと思い直していた。こうして、食欲がきちんと戻ってきた。毎日よく眠っているし、馬鹿《ばか》でないのに風邪もひいていない。

涙が流れても構わない。思えば僕は、どうしたって自分で選択して、今、この状況に立っているのだ。

忘れてしまうところだった。僕は、芙美を捨てる代わりに、研究にこの身を捧げたのだ。これ以上、何かが損なわれるとしても、もう、それを恐れてはいけない立場なのだ。人間らしさとか、真っ当な人であることなんて、僕には既に遠いし、意味を持たない。

「もしもし、冬馬です。先ほどは失礼しました。言いすぎました」

秋房すみれは僕の声を聞くと、電話の向こうで笑い出した。

「考え直したんですね。よかった。私、アムールを守れないなら、人類の役に立てるほうがいいから」

「全力を尽くします。あなたを、解剖させてください」

僕が人でなしである証に、死力を尽くしてこの現象を解明しよう。そうしていつか、どんなかたちであれ、鮮やかな色の服を着て笑う大事な人を、僕の人生に取り戻す。

「はい」秋房すみれは妙にうやうやしく答えた。

「詳しいことは追って連絡します。どうか、心残りのないように過ごしてください」

秋房すみれを秘密裏に解剖するためには、絶対の共犯者と、きちんと設備の整った場所が必要だった。急がなければ、彼女が人の姿でなくなってしまうかもしれない。

僕はまさに、人を人とも思わぬような方法で準備を進めていった。そのくせ、毎日、人知れず泣いた。トイレから出て、手を洗いながら鏡を見ると涙が滲み、風呂に入っていると涙が滲み、ベッドで眠りにつき、目が覚めると涙でがびがびになった目元はすぐには開かなかった。すべてが矛盾していてめちゃくちゃだったけれど、それでも解剖を実行すれば、何かがわかるのではないかという強い期待があった。でも、人生に希望はなかった。

約一か月後、僕は再び、アムールに戻った。店の外の植込みには枯草が揺れ、脇の枇杷の葉もすっかり落ちていた。暗くなるにつれ風が強まり、今夜は雪がちらつくかもしれない。

「健康な髪ねー」シャンプーを終えた僕にケープをかけながら、秋房すみれは感心した。

「あまり、凝ったスタイルはやめてください」雨森小夏も、最後に髪を切らせてくれと言った。彼女もまた、美容師という仕事を愛しているのだろう。そして、僕のようなぼさぼさ頭は見るに堪《た》えないらしい。

「額は見せたほうがかっこいいでしょ。襟足がとにかく長すぎるし。乾かすだけで済むようにカットしますから、ドライヤーくらいは買ってくださいね」秋房すみれはごく明るく、軽やかに鋏を動かしはじめた。

これが終わったら、僕が彼女の腹を切るのだ。腹だけではない。胸も、頭も、脚も、目も。その中身も。

「あなたは足から変化が始まっている。美容師としては、最後までまっとうできてよかった」僕は俯いてじっと耐えていた。頭が軽くなるのは、思いのほかいいものだとわかってはいるが、やはり、額や輪郭が外から見えやすくなるのは落ち着かないのだ。特に最近は、誰に会っても気が滅入《めい》って、できれば言葉も交わしたくない。

「本当。小夏くんは腕からだったたって話聞いたから、すぐにお店閉めなきゃいけないのかなって結構悩んだんだから」その手さばきは見事だった。指先、或いは細い目の櫛を使い、迷いなく僕の頭のかたちが現れはじめる。「不幸中の幸いって、こういうことを言うのかもね」

秋房すみれは左足を包帯でぐるぐる巻きにしている。その上からもこもこしたルームソックスを履き、ゴムサンダルをつっかけているので痛々しさはないが、変化の始まった皮膚を見ると青緑色で、痛みより、痺れるような感覚が強いそうだ。

「一か月の間、どうしてました？」

「なあんにも」彼女は間延びした声で言った。「実家にちらっと顔出して、妹が欲しがってた服とバッグ送ってあげて。あとはここにいただけです」

「そうですか」

「あ、大丈夫ですよ。もちろん、何もバレてません。青山辞めてアムールにいるのだって家族に話してないし」秋房すみれは穏やかに笑った。

「枇杷の木を見に行かなかったんですか？」

「見てもしょうがないでしょう」

「そう、ですか。あなたの協力は、絶対に無駄にはしません」自分で言っていても、なんといい加減な言葉だろうと思った。しかし、ほかに言いようもない。

「お願いします」親になんて会うんじゃなかったな、と彼女はつぶやいた。

「まだ、引き返せますよ」

「ごめんなさい、ちょっと前向いててくださいね」俯いた僕の頭を両側から摑み、ぐっと正面の大きな鏡に向ける。

僕の言ったことが聞こえなかったのだろうか。それとも、聞こえなかったふりをしているのだろうか。

「頭の形もきれいなんだから、絶対短いほうがいいですよ」秋房すみれは鼻歌交じりだ。

「そうかなあ。落ち着かないんですよ。短くて顔が丸出しだと」僕は改めて鏡を見た。あっという間に襟足や耳の周りがすっきりと見えている。秋房すみれの手は額に伸び、その指が長い前髪を摘み上げる。

「長めに流すように、こう」

秋房すみれは、雨森小夏とは違うスタイルを提案した。しかし、僕には少し、手間がかかりすぎる気がする。

「それだと、僕ひとりじゃ再現できません」言いながら、僕は鏡の中の自分を見た。普段より子供じみた、戸惑ったような顔をしている。しかし、加齢と忙しさで頬の肉が落ち、ずいぶんとさっぱりして見える。

「じゃあ、もう少し短くてもいいですか？　そうしたら、手でくしゃくしゃって乾かすだけで済みますよ」

「僕は、たったひとり、この世界に取り残されるのかと思ってたんです。本当は、それがいやだったんだ」

「え？」秋房すみれはふと顔を上げた。

「本当は、僕だけ、仲間はずれだと思ってた。自分がすごく冷酷な人間だから」

「どうしたんですか？」秋房すみれは鏡越しにしばらく僕を見つめると、大きな音を立てて鋏を取り落とした。「冬馬先生、目が」

鏡に映った僕の顔。丸い両目は、テレビの放送終了後の砂嵐のような細かい白と黒の粒が、ちらちらと点滅するように光っていた。

秋房すみれは言葉を失い、異常な様子の僕の瞳を呆然と見ていた。

僕も、植物になるのなら芙美のように、暴力的なほど大きくて美しいあだ花を咲かせたい。両目の端から、つるりと涙がこぼれてケープにぽたりと落ちた。悲しいどころか、僕は少しホッとしていた。

前髪は、まだ長いまま、鮮明な僕の視界にちらついている。

「きみの解剖を終えたら、僕も、花になる」

僕は自然と、笑みを浮かべていた。

本作品は書き下ろしです。

高橋慶（たかはし・けい）
1980年10月15日、東京都生まれ、東京都在住。
2011年にTVアニメ「輪るピングドラム」の原作小説
（幾原邦彦共著・全3巻）でデビュー。

暗闇に咲く

2013年6月30日　第1刷発行

著者　高橋《たかはし》 慶《けい》

発行人　伊藤嘉彦

発行元　株式会社 幻冬舎コミックス
〒151-0051 東京都渋谷区千駄ヶ谷4-9-7
電話　03(5411)6431（編集）

発売元　株式会社 幻冬舎
〒151-0051 東京都渋谷区千駄ヶ谷4-9-7
電話　03(5411)6222（営業）
振替00120-8-767643

印刷・製本所　中央精版印刷株式会社

検印廃止

ISBN978-4-344-82858-2　C0093　Printed in Japan

幻冬舎コミックスホームページ　http://www.gentosha-comics.net